U0781891

喜欢你
是这样的
女子

Love you
lady

韩梅梅
/ 著

北方联合出版传媒(集团)股份有限公司
万卷出版公司

2016·沈阳

目录　contents

对于逝去的人，活着的人再来看他们的故事，就像在看戏一样。对于
他们自己，所有的喜，怒，哀，乐，悲，欢，离，合，早已经了断。

这是一个残酷的现实——有的人，可能真的会终其一生，
都不能找到一个真正疼惜自己的人。

没有人真正关心我的作品，他们只是好奇我的生活。

人人都觉得我应该满足，应该快乐，对吗？
但如果我告诉你，我根本一无所有、一事无成时，你相信我的话吗？

当她把一件衣服的款式和价值推向极致的时候，可能没有人看得见，
她一个人在租住的酒店的角落里，忍受着寂寞。

我是无名之辈！你是谁？你也是无名之辈？

目录　contents

Love you
lady

张幼仪

我是秋天的一把扇子

我是秋天的一把扇子,
只用来驱赶吸血的蚊子。
当蚊子咬伤月亮的时候,
主人将扇子撕碎了。

　　提起张幼仪,很多人总会拿她和林徽因、陆小曼相比,说,张幼仪确实魅力差些,相貌朴实,没有前两位那么灵气。她很传统。

　　我想说,错!她很美。

　　并且,传统女子有什么不好?

　　她的不幸在于,嫁给了一个无视她的美,不好好对她的男人而已。

而且，那也只是前半生的不幸。

1900年，张幼仪出生在上海宝山，她有很好的出身，父亲是一位富商，二哥张君劢是中国现代史上很有影响的政治家，四哥张嘉璈曾任中国银行总裁。

因为是"小妹"，张幼仪得到了哥哥们的疼爱，3岁时，母亲准备按照传统给她裹脚，被二哥张君劢劝阻了："别裹，太疼！"

不仅没有裹脚，张幼仪还被哥哥们送进了学校。

1912年，十二岁的张幼仪来到江苏第二女子师范学校读书。

1914年，她的四哥张嘉璈在做浙江都督的秘书时，去视察杭州一中，无意中，他看到了一张考卷，对答卷人的文采十分赞赏，就去打听它的作者徐志摩。得知徐家境不错，开有蚕丝厂、钱庄等之后，就主动上门提亲了。

能与名门望族联姻，徐志摩的父亲当然十分高兴，当即就同意了，并派人送去了聘礼。一门亲事就这样在两个年轻人一面都没见过的情况下定下了。

年轻的徐志摩根深蒂固地认为，没有受过西方教育和现代思潮影响的女人，都是思想守旧，没有自我，没有见识的，所以对这桩被安排的婚姻，自始至终都充满了抵触。但是，"媒妁之命，受之于父母"，他不敢反抗，只能在母亲给他看张幼仪照片的时候发泄不满说：一看就是个乡下的土包子！

张幼仪就那样出嫁了。十五岁的她温婉，安静，善良，聪慧，天真未凿，哪里懂得取悦男人？她心里只有母亲的叮嘱：嫁给了一个人，他就是你的丈夫，就要和他平平淡淡过一辈子，安安分分地

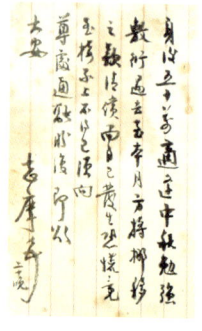

徐志摩

做一个妻子。

婚后，张幼仪话很少，不但把家务照顾得很好，还能帮助公公理财。徐家人都很喜欢她，只有徐志摩相反，在他眼里，她刻板无趣，乏味得很。婚后，他几乎都没有仔细看过张幼仪的样子。一有时间，他就出门去，不想在家待着。婚后四年，他和她在一起的时间，只有三个多月。可想而知，他对这个女人有多么不喜欢。

张幼仪是聪慧的，她知道，他嫌弃她没文化，就写信给曾就读的苏州第二女子师范学校，希望能完成中断的学业。但是，这个计划最终被婆婆以家务繁忙还要生养子女为由阻止了。这件事，让她抱憾终身，即便到了80多岁，她还在耿耿于怀："没有像徐志摩爱的那些女人一样，读一个好学校。"

婚后的徐志摩越来越郁闷，产生了逃离的念头，对父母提出想去留洋。

父母的回答是，留洋可以，但是必须先给徐家留下子嗣。

1918年，张幼仪生下了长子徐积锴，徐志摩完成了"任务"，毫不犹疑地留洋去了。留下张幼仪一个人在家里照顾公婆，抚养孩子。

只有亲自照顾过孩子的人，才会知道，养一个孩子，有多么不容易。一个小小的东西，抱着都要小心，动不动就哭，要吃，要拉，会生病，没有一样是不耗费心力的。张幼仪在没有人帮忙的情况下，尽心地做着一个母亲，整个过程，孩子的父亲完全不在身边，也从来不闻不问，这让张幼仪的公公婆婆都看不下去。

远在英国伦敦的徐志摩这时已经认识了林徽因，并写下了："我是天边的一片云，偶尔投影到你的波心。"他接到了父母和张幼仪哥哥的来信，要求他"对家负起责任"把张幼仪接到身边，心里那是一百个不愿意。

林徽因

1920 年，徐志摩的父亲把张幼仪叫到身边，给了她一张船票。

就要夫妻团聚了，张幼仪满心欢喜，在出发前，精心挑选了布料，做了几身新衣服，然后穿着最漂亮的那套去坐船；经过漫长的海上颠簸，终于到了法国马赛。

船到港口的时候，张幼仪回忆说：

"我斜倚着尾甲板，不耐烦地等着上岸，然后看到徐志摩站在东张西望的人群里。就在这时候，我的心凉了一大截。他穿着一件瘦长的黑色毛大衣，脖子上围了条白丝巾。虽然我从没看过他穿西装的样子，可是我晓得那是他。他的态度我一眼就看得出来，不会搞错的，因为他是那堆接船的人当中唯一露出不想到那儿表情的人。"

见了面，徐志摩也不和她多说话，第一件事就是带她到了百货公司，让她换上新衣服和皮鞋。"这些衣服太土了，怎么见朋友？"听他这样说，张幼仪用手摸着自己用心准备的中式衣服，完全不知所措。

初次出远门，就来到了异国他乡，张幼仪很紧张，生怕做错什么。单就是在飞往伦敦的飞机上晕机呕吐，都会被徐讥笑和嘲讽。

到了英国，徐志摩带她去拍了此生唯一的一张合影，寄回给他的父母作为交代。照片上，张幼仪戴着帽子，一脸的诚恳老实，徐志摩没什么表情。

他们在英国沙世顿安顿下来，住了一段时间之后，张幼仪又有了身孕。

喜欢孩子的她万万没想到，徐志摩直接提出了要她堕胎。

张幼仪慌张失措，内心十分恐惧，她说："听说有人因为打胎死掉……"

"还有人因为火车事故死掉的呢，难道大家都不坐火车了吗？"徐冷冰冰地回答她。

张幼仪不愿意打掉这个孩子。为此，他们开始大吵。

那段时间，有多苦多煎熬，后人无从得知，但可以知道，张幼仪咬紧了牙关，用不哭不闹、沉默的方式应对了徐志摩的无情要求。

有一天，徐志摩邀请了在英国留学的才女袁昌英来家吃饭。袁昌英穿了一身当时很时髦的海军裙，双脚却是裹过的小脚。吃完饭之后，送走客人，徐志摩问张幼仪，对她的印象如何。张幼仪说，她很好，就是小脚和西装不搭。

这句话，不知道怎么激到了徐志摩，他突然跳起来，尖叫道："我就知道，所以我才想离婚。"

张幼仪吓了一跳。这是她第一次听到"离婚"这个词。

她很怕。

张幼仪不知道自己做错了什么，她哪里知道她的丈夫，只对她展露冷酷无情的一面，扭头，又会用诗人的一腔热情对他爱慕的才女表现温柔和浪漫。但打掉孩子这种事情，她是绝对不会做的。

在又一次激烈的争吵之后，徐志摩摔门而去。然后，就再不回来了。他在伤害她之后，恐怕根本都没空去想，他到底给了她多少伤害吧。

张幼仪孤零零一个人在家以泪洗面，想出去找，语言又不通。

有一天，徐志摩托一个朋友来问她："是否愿意做徐家的媳妇儿，不做徐志摩的太太。"还说："如果你愿意，一切就好办了。"

张幼仪眼含热泪，没法完全领会徐是什么意思。

那位朋友干脆地说："他不想要你了。"

热泪终于滚滚而下。

一筹莫展的之际，她只能给身在巴黎的二哥写信求救。说，难不成，真的不要这个孩子了？

张君劢回信说："万勿打胎，兄愿收养。抛却诸事，前来巴黎。"

张幼仪挺着大肚子一个人到了巴黎，英文还没来得及认识几个的她，又对着满大街的法文发蒙。

在巴黎待了一段时间之后，她又随二哥和七弟到了德国。

这期间，徐志摩一直没有消息。他似乎根本不在乎她去了哪里。1922年，张幼仪在柏林生下了次子彼得。

张幼仪刚出院，就在七弟家见到了一封徐志摩的信，《致张幼仪》：

"……无爱之婚姻无可忍，自由之偿还自由，真生命必自奋斗自求得来，真幸福亦必自奋斗自求得来，真恋爱亦必自奋斗自求得来！彼此前途无限……彼此有改良社会之心，彼此有造福人类之心，其先自作榜样，勇决智断，彼此尊重人格，自由离婚，止绝痛苦，始兆幸福，皆在此矣。"

　　她这才得知徐志摩已经来到了德国，住在朋友家里。

　　她马上出门坐车去朋友家找他。

　　徐志摩一见她，就掏出了几张纸，摆在桌上说，这是离婚协议，你签一下。再不签，林徽因就要回国了……我要在她走之前，把这个离婚协议给她看。

　　这时，他的心里，全都是林徽因。林徽因，确实很美，才华横溢，不但精通英语，诗词，还懂建筑。是徐志摩心中的"女神"。所以，他在逼迫张幼仪离婚的时候，完全没有想过，会怎样伤害到这个还虚弱不堪的女人。

　　这是钻心蚀骨的痛。一个女人，生完了孩子，难道不应该是被感谢，被呵护，被保护的吗？这是多么伤心的场面。

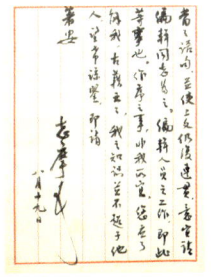 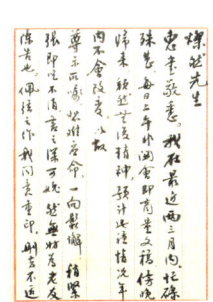

在经过漫长的对峙和沉默之后。张幼仪终于断了最后一丝念想，一言不发地签下了自己的名字，在生下次子一周之后，成为了中国第一个离婚的女人。

爱情，她有自己的传统准则，即便是被人抛弃，她也要优雅地接受。

令人敬佩的是，被抛弃之后，她没有落寞一生。

拿到离婚协议的徐志摩欣喜万分，当即以夸张浪漫的手法写了一首诗，在《新浙江》上发表。

笑解烦恼结——送幼仪

这烦恼结，是谁家扭得水尖儿难透？

这千缕万缕烦恼结是谁家忍心机织？

这结里多少泪痕血迹，应化沉碧！

忠孝节义——咳，忠孝节义谢你维系

四千年史髅不绝，

却不过把人道灵魂磨成粉屑，

黄海不潮，昆仑叹息，

四万万生灵，心死神灭，中原鬼泣！

咳，忠孝节义！

…………

如何！毕竟解散，烦恼难结，烦恼苦结。

来，如今放开容颜喜笑，握手相劳；

听晚后一片声欢，年道解散了结儿，

消除了烦恼！

同年 11 月，徐志摩又写了一份石破天惊的《徐志摩张幼仪离婚通告》发表在《新浙江》副刊上。

随心所欲的男人啊！"新式生活"是你扯起的大旗。骨子里，全是自私。

他为了林徽因和她离婚，但是林徽因却没有选择和他在一起。

他拿着离婚证书去找林徽因，得到的却是林徽因回国的消息。

林是聪慧的女人，诗人的爱固然热烈滚烫，但她始终知道，怎样的人才值得托付终身。

徐志摩又追到了北平，最终得到的是林徽因订婚的消息。

离婚之后，身在德国的张幼仪，没有听从家人的建议马上回国，而是选择了留下来，开始了一段无亲无故的艰苦日子。

徐志摩走之前，跟着她去医院看了小彼得，"把脸贴在窗玻璃上，看得神魂颠倒"，"他始终没问我要怎么养他，他要怎么活下去。"

沉痛让人清醒。

离婚，让她变得坚强。

异国他乡，认识她、怜悯她的人都很少。她只能选择沉默和坚韧。

她开始在照顾孩子的同时学习德文，并进入裴斯塔洛齐学院，专攻幼儿教育。

另一个更让她难以承受的打击接踵而来：1925 年，彼得死于腹膜炎。

承受丧子之痛的她给徐志摩写了信，同时又听到了徐志摩的消

陆小曼

息：他正在浪漫炽热地追求陆小曼。

他离了婚，可以开始自由而热烈的恋爱。而她呢，还要承受更多。

"四哥写信告诉我，为了留住张家的颜面，我在未来五年里，都不能教别人看见我和某个男人同进同出，要不别人会以为徐志摩和我离婚是因为我不守妇道。"

为此，她拒绝了一个爱她的德国人的追求，一直孤独地生活。

"C（张幼仪）是个有志气有胆量的女子……她现在真是什么都不怕。"

——徐志摩写给陆小曼的信中说

"在去德国之前，我什么都怕，在德国之后，我无所畏惧。"

1926年，张幼仪回国的时候，已然脱胎换骨。

徐志摩不爱她，不代表她不优秀。

她不再是那个胆小怕事，没有见识的女人，而是大大方方地站在了东吴大学的讲台上，为学生讲授德文。

她内心有了坚定的力量，淡定从容，高贵，坚毅。

1927 年，她接受邀请担任了女子商业储蓄银行的副总裁，把这家濒临倒闭的银行，经营得风生水起。

同时，她又创办了云裳时装公司。设计了很多漂亮的衣服。谁能想到呢，一个曾经被丈夫讥讽为"乡下土包子"的女人，这时设计的时装深受当时的名媛明星们喜爱。

似乎天生就有经商头脑，张幼仪后来又在股市赚了很多钱。有一年，她囤积军服染料，放了一段时间之后，染料价格翻了 100 倍，她选择痛快地出手！

那些年，她仍然坚持在德国学习时的作息，早睡早起，相当自律，并坚持每天用一个小时来学习国文，为此，她还专门请了一位很有学问的老师来教自己。

我看过一张幼仪这个时期的一张照片，她穿着高领的衣服，恬静淡然。她已然思想独立，金钱自由，整个人不卑不亢，也得到了别人的敬重，包括徐志摩。

尽管已经不是徐家的媳妇了，但张幼仪回国后，一直善待徐家二老。她后来很有钱，还给两个老人盖了新房。

徐家二老也一直把张幼仪当作家人，虽然这个时候，徐志摩已经带了陆小曼回家，但二老十分看不惯陆小曼公开和徐志摩发嗲调情，当着他们的面要徐志摩吃她剩下的饭，还要他抱她上楼。他们希望张幼仪能跟他们一起同住。张幼仪却拒绝了，为的是避免和徐志摩、陆小曼见面尴尬。

1927 年，徐志摩和陆小曼结婚，给张幼仪寄去了请柬，她没有去。

但是后来，她还是在胡适家里见过陆小曼。陆小曼毫无顾忌，和徐志摩黏黏腻腻。

徐志摩和陆小曼

晚年的张幼仪在自传中提到这一幕，说："我不是有魅力的女人，不像别的女人那样，我做人严肃，因为我是苦过来的。"

多年之后，徐志摩的母亲去世了，徐志摩对葬礼事务一窍不通，在母亲临终时，也不知道应当如何照顾，陆小曼又不愿意回去。最终，还是要请张幼仪出面张罗了后事。

后来，徐志摩的父亲将家产分成三份：儿子和陆小曼一份，孙子和张幼仪一份，自己一份。

陆小曼，很有绘画天赋，放荡不羁，自我，骄纵，热爱自由，离了婚嫁给徐志摩。"小姐脾气"很重的她，婚后又染上了吸鸦片，需要大量的开销，徐志摩不得不在光华大学当教授的同时，又到另外两所大学兼职，奋力挣钱养家。

 1931 年 11 月 19 日，徐志摩为了回京听林徽因的讲座而飞机失事。

陆小曼崩溃了，因为不相信现实而拒绝认领尸体。

张幼仪打点一切，主持了葬礼。

后来，陆小曼因为痛苦天天用鸦片迷幻自己，经济陷入困顿，生活越来越拮据，要靠一个旧日的朋友供养。而张幼仪，会时不时来接济她。

几十年的时光，她一直在用天生的包容和善良，回报徐志摩曾给她的伤害。为了让世人记住这个诗人，她用了好几年时间，整理出版了《徐志摩文集》。

1947 年，张幼仪到北平看望朋友，听说了林徽因病危的消息，还有人带话来说，林徽因说，想见她。她去了，这么多年，她们都只是听说彼此，从未见过面。林徽因见到了她，却什么话都没有说。

"我不晓得她想看什么，也许是看我人长得丑又不会笑。"

——张幼仪

1953 年，移居香港的张幼仪终于结束了单身的日子，与她的邻居、中医苏纪之结婚了。

因为始终是个传统女人，婚前，她写信给远在美国的儿子，征求他的意见："因为我是个寡妇，理应听我儿子的话。"

徐积锴的回信情真意切，催人泪下：

"母孀居守节，逾三十年，生我抚我，鞠我育我……综母生平，殊少欢愉，母职已尽，母心宜慰，谁慰母氏？谁伴母氏？母如得人，儿请父事。"

从此，张幼仪过上了安乐祥和的晚年生活。苏医生待她很好。

1967年，苏医生陪她去了一趟德国柏林和英国剑桥。故地重游，张幼仪站在四十多年前曾住过的小屋前，感慨万千。

第二任丈夫过世后，张幼仪搬到了纽约居住。

到了晚年，她仍然用中国的传统来教育美国的侄孙女："中国家庭之间的关系很重要……你来跟我说晚安的时候，不要在我允许你离开之前，先掉头走掉，这样子很糟糕……"

这位侄孙女长大之后，对张幼仪和她年轻时期的爱情很感兴趣，就来问她。问她是否爱徐志摩。

满头白发的张幼仪这样回答：

"你总是问我爱不爱徐志摩。你晓得，我没办法回答这问题，我对这问题很迷惑，因为每个人总是告诉我，我为徐志摩做了这么多事，我一定是爱他的。可是，我没办法说什么是爱，我这辈子从没跟什么人说过'我爱你'。"

1988 年，张幼仪安静地离开了人世。

他们之间的故事，也就留给后人纷说了。

张幼仪

　　名嘉玢，1900 年出生于江苏宝山，1915 年与徐志摩结婚。1918 年生下长子徐积锴、1922 年张幼仪于柏林产下次子，并与徐志摩正式离婚。

　　1926 年返回中国，1927 年在东吴大学教授德文。

　　1928 年担任上海女子商业储蓄银行副总裁、云裳服装公司总经理。1949 年移居香港，1954 年与苏纪之医师结婚。1974 年定居美国，1988 年逝世于纽约。

谢烨

背离之伤

命运不是风，来回吹，命运是大地，走到哪儿你都在
命中；有什么你还舍不得？

——顾城

　　前段时间才听说，顾城和谢烨笔下的"英儿"已在 2014 年病
逝于悉尼，终年五十岁。

　　至此，二十年前那场悲剧的三个主人公，均已辞世。关于他们
三人之间的爱恨情仇的对错毁誉，全都结束……

　　2011 年，英儿查出了患鼻咽癌晚期。

　　她拒绝西医治疗，也不再见任何人。

　　连电话也不接。

　　2014 年，1 月 8 日，她在悉尼一家医院安静地辞世，死讯极少人知。就连她远在北京的父母也不知道。

我不知道，在离世之前，她会不会再想起顾城和谢烨，尤其是谢烨，一个一生都对她很好的女人。

1979年，在从南往北的一列火车上，谢烨就坐在顾城的对面。漫漫旅途中，他们开始说话了。

"火车开动的时候，我看见你了吗？我和别人说话，好像在回避一个空洞，一片清凉的树。到南京站时，别人占了你的座位，你没有说话，就站在我身边。我忽然变得奇怪起来。我开始感到你，你颈后飘动的细微的头发。我拿出画画的笔，画了你身边每一个人，但却没有画出你。我觉得你来得辉煌，使我的目光无法停留。"

——顾城，1979年7月给谢烨的信

车窗外，夜幕降临，顾城和谢烨面对着面，微弱的灯光下，谈性正浓，顾城突然就给谢烨念起诗来，然后又谈起电影，他还对谢烨提起遥远的小时候的事情，并用钢笔为谢烨画像。

谢烨看着他，给他回应。

长夜过去，早晨来了，太阳升起来，火车到北京了。

顾城和谢烨站起来慢慢收拾行李。

顾城突然塞了张字条在谢烨手里。

谢烨打开字条，她看到了顾城的名字和地址，她这才知道，坐在面前的这个戴着厨师一样的帽子的男人，就是全国闻名的诗人顾城。

去不去找他？谢烨矛盾了很久。但最后，她决定去了。她沿着长长的白杨树的路一直走，来到了顾城家门前。开门的是顾城的母亲，她好像早已经知道了谢烨。

顾城出来了，谢烨看着他好像还没睡醒的样子，觉得很好笑。她还发现，顾城喜欢把没戴帽的钢笔直接放进衬衣口袋里，然后让衬衣的口袋被染上墨水的颜色。

那天从顾城家出来，谢烨给顾城留下了自己在上海的地址，还告诉他，她哪一天离开北京。

她离开北京那天，他去送她了。

"我们什么都没说，我们知道这是开始而不是告别。"

　　　　　　　　　　　——谢烨，1979 年 7 月给顾城的信

他俩，写了 200 多封信。

"也许我真从你那带走了灵魂，它不时聚成你的样子，把你的诗送到我身边，我好像一个住在海边的姑娘，听小百子在海水中唱歌。你的信让我看见了未来，多好，为什么我不能和你一起看看将来呢……"

　　　　　　　　　　　　　——谢烨，1979 年 8 月

"今天没收到你的信，我失望极了。"

　　　　　　　　　　　　　——顾城，1979 年 8 月

1983 年 8 月 8 日，经过苦涩的 4 年多的异地恋，顾城和谢烨走进了民政局，他们结婚了。

结婚后，顾城就像一个小孩子一样依恋着谢烨，他说："我不知道我能做什么，但我知道我要做，在我失败的时候，在世界的门

都对我'呼呼'关上的时候，你还会把手给我吗？我不怕世界，可是怕你，我的理智和自制力一点都没用。"

他爱谢烨，在生活中，处处依赖着她。

他很少出门，也不会买菜，就连穿什么衣服，都听谢烨的。

那个时代，人们狂热地喜欢诗人，顾城经常被邀请到国内外的大学讲课，每次出远门，他一定要带上谢烨。他在演讲，她就一直在门外等着他。

1986年6月，谢烨陪顾城去参加北京昌平诗会，在那里，他们认识了即将毕业的大学生英儿。

30年前的英儿，是个好看的"蓝色的女孩"，笑起来眼睛发亮。她喜欢穿像海水那样蓝的裙子，在风中走路，裙角飞扬，引人注目。

诗会安排住宿的时候，作为参会大学生，英儿被安排到了和谢烨一间房。同住的还有谢烨的一位朋友。那位朋友回忆说：整晚，谢烨都在讲她和顾城的爱情，怎么在从南到北的火车上相识，他们之间写了好多的情书，顾城为了求婚，打一个大木箱子睡在谢烨家门口。后来，他们两人怎么一起种菜，还有生活中数不清的美好细节。这些故事让躺在床上的英儿受了感染，她把被子拉起来，蒙在里面哭出声来。

后来，顾城时常来宿舍找谢烨，谢烨和顾城去散步的时候，就把英儿也叫上，他们一起去湖边散步，聊天，谈诗，顾城还捡起石头教英儿打水漂。他们喜欢这样天真的女孩儿，喜欢她眼睛里闪动的聪明的光芒，对她身上潜藏的危险浑然不觉，走到哪儿都喜欢带着她。

某天，谢烨做了一件新衣服，穿给大家看。

英儿说，也给我穿穿看吧。

结果一穿，顾城说，英儿穿着比谢烨还好看。

英儿就不愿意脱了。

谢烨很不舍，因为做这件衣服花了很长的时间，但看着兴高采烈的英儿，她只好说，送给你吧！

然后英儿就直接穿走了。

谢烨对英儿，那是真的好。可是英儿，此时，因为所有人都喜欢她，已经无法控制自己了。她对自己的闺蜜说，她爱上了顾城，她是不会把这份感觉说出来的。

顾城、谢烨和英儿

可是，她还是说了。

1988 年 1 月，在顾城和谢烨出国去新西兰的前一夜，她还是跑去见他们，在一个傍晚的，逐渐暗下来的房子里，当着谢烨的面，英儿对顾城表达了自己的感情。谢烨当时在翻着一本杂志。

一个大胆又性情的女孩，对顾城表达对爱情的困惑、冲动和无所畏惧，顾城也有些忘情，几乎忘了妻子的存在。

顾城说：英儿，你天生跟我就是一模一样的。而谢烨不一样，她是我造就的。这个话，谢烨在旁边是听着的。

谢烨什么也没说，站起来，出门，骑着自行车走了。

她的内心很悲伤。

有一些东西在崩塌和溃败，谢烨是一个漂亮的，聪明，有感染力的女人，做人真诚又大度。她全身心认为顾城是最珍贵的爱人，他们的爱情完美无瑕。没想到，瞬间被一个他们认为的清纯到"那时候真让我觉得她和这世界一点儿关系都没有……"的女孩的表白打败了。

谢烨走了，顾城并没有追出去，他谈兴未减，对英儿说，他很难找到可以沟通的人，如果找到一个，就非常看重。英儿说，你说的每一句话我都能听懂啊。

他们走了之后。英儿的心也跟着去了。

不管是谁，只要一提顾城的名字，英儿的眼泪哗的一下就会流下来。她也不对谁隐藏，谁问她怎么了，她就说，是因为思念顾城流泪的。

于是，以"谢烨，顾城，你们好"开头的信件开始频繁往来。

她给顾城写信说，因为思念，因为这份"逃不出死劫的爱"，她在街上走着走着就晕过去了。

还说，她实在无法忍受枯燥乏味的工作，想要辞职，想要出国，想要海阔天空。

顾城给她回信说："我知道每天的生命，危险的生命，站住好吗？当个勇敢的小其。"

谢烨看了信，对顾城说，这个小姑娘挺好的。

在通信三年之后，谢烨历经艰难，帮英儿办理了出国手续。那个年代，要出国是非常不易的。

出国前，英儿身无分文。谢烨又转了一笔机票钱给她。这个钱，是谢烨在岛上养鸡，卖鸡蛋攒下的。

谢烨有浪漫的想法——任何感情都不该被阻止。更何况，她认为，英儿有一颗"最干净，最虔诚，最不设防的心"。

1990 年 7 月 5 日，英儿离开北京，飞往新西兰。

在飞机上，她可能想不到，她的潜藏危险的请求和行动，足以把两个帮助她的人苦心经营的家毁掉，甚至有更无法挽回的恶果在后面……

英儿来到激流岛，跟顾城、谢烨一起生活。

谢烨去街市买布，用缝纫机给她做衣服，每天做饭给他们吃。她对英儿真的很好，就连英儿沾染了月事的裤子，她也给她洗。

激流岛是顾城和朋友旅行时找到的。上面住了很多有厌世倾向寻求隐居生活的人。顾城和谢烨搬来，就是想过一种返璞归真的简单生活。

他们亲手把石头从山上搬下来，翻盖房子，因为没有自来水，就做了个蓄水池在屋顶用来洗澡。

可是英儿在激流岛上住了一个星期之后，就提出去找一份工作。当时顾城的脸色就不好看了。出去挣钱，是顾城不能忍受的世俗。谢烨警告英儿，不要再提工作的事。顾城的情绪非常可怕，很极端化。

这件事，过了好几天才缓和过来。

这是英儿第一次感受到顾城的极端情绪。

原来她以为，出了国，能过上更好的生活。没想到，激流岛上的生活，比在国内苦得多。顾城和谢烨自己养鸡，种菜。有时候蔬菜长得不好，需要挖野菜吃，但是野菜那个味道，英儿根本受不了。

她想去买酸奶和巧克力，顾城都会生气。

朋友来电话，叫她去奥克兰，她不敢去。

有台湾媒体来采访、约稿，她都会躲到海边去写。

在情感上，顾城希望英儿像他一样，感激和爱谢烨。但是，英儿却要他做出一个选择。

顾城说，你们当中的任何一个离开我，我都必死无疑。

一切并不是英儿想的那么美好。

这样的生活让她越来越压抑。

当初是她强烈地想要去的，后来她强烈地想要逃。

顾城为了不让她走，还去采花给她。

他采花回来，她却哭了，对他说，走开！

这让顾城手足无措。

英儿曾经对谢烨表达过她想走的意思，但是谢烨说："你走了顾城就会死。"

谢烨也是不好过的。

一天，顾城的姐姐来拜访他们。英儿当着谢烨和姐姐的面拉顾城的手笑着放在自己的身体上，顾城很不好意思，一个劲地躲避，英儿还当着她的面笑话顾城。顾城的姐姐看不过去，谢烨却帮英儿说话：她是小女孩儿天真的举动。

但是，三个人的岛上畸恋，让谢烨心里非常清楚，通过英儿来新西兰验证她和顾城的爱情这件事，已经彻底失败了。爱情这个东西，哪里经得起验证？已经被破坏的东西，是不会再恢复如初的。

谢烨弄不清问题出在哪里。说恨吧，英儿是她亲自办上岛的。她是从来不把感情和痛苦表露在外面的人，什么都藏在心里。如果她在最初，在国内，心里不舒服的时候，就开始有所阻挡，那么后来一切可能都不会发生。

最让她伤心的是，顾城还以为，他和英儿在一起，谢烨不会受伤。她内心深处的难过，完全无法说出来。

两个女人过得压抑又扭曲。

顾城却觉得这是他的理想。梦想中的"家""国土""城堡"，希望她们相好如姐妹。

一年八个月之后，谢烨和英儿去海边散步，告诉她，他们收到了一张邀请书，德国一家诗歌基金会邀请顾城去德国。谢烨说，这是他们最后的机会了，通过离开来改变现状，"否则我们谁也活不下去。"

1992 年 3 月，顾城和谢烨受邀请去德国从事文学工作，英儿留在了激流岛。

他们走了没多久，英儿失踪了。

在德国的顾城知道英儿消失了，认为是英儿和谢烨合伙策划的，气得砸了电脑，差点掐死谢烨，幸好邻居报了警，警察来了，要带走顾城，谢烨却拒绝在送顾去精神病院的申请书上签字。

顾城还专门回国去找英儿，但是英儿带来了话。"我不可能回来了。"

等他们再次回到新西兰的时候，得知英儿已经找到一个新西兰老头结婚了，顾城气疯了！

顾城和谢烨开始写作小说《英儿》；

《英儿》是顾城与谢烨合作的，也是绝笔之作。卷首语是：

"你们是我的妻子，我爱你们，现在依旧如此。"

英儿离开之后，顾城变得更加暴躁而激烈。在结婚前，顾城就曾因为语言冲突，将一碗面条倒在岳母头上，但那个时候的谢烨只认为是他年轻气盛，但是，现在，他生气急了，会大喊"我要杀人"，在德国被顾城掐过脖子之后，谢烨也害怕了。她曾经在顾城面前流泪说："我怕你……"

谢烨一直把顾城当成自己的孩子，帮他整理文章，打字，甚至扣衣服的扣子。什么都顺着他。如果英儿没来过，可能他们会一直那样，在岛上自给自足，抚养孩子。但现在，连她也想离开了。

谢烨真正想离开顾城，最重要的原因是顾城不容儿子。

顾城不喜欢孩子，会打孩子。并将幼小的儿子寄养到毛利人家里。这样作为母亲的谢烨接受不了。

谢烨与儿子小木耳

有一天，顾城和谢烨路过一个小商店，谢烨看到一个玩具小青蛙很有意思，而且价格还不到两元，于是她就想买给儿子小木耳。谁知道她去付账的时候，顾城就坐在地上，跟小孩子一样，坐在地上不走了。谢烨回头，看他这样，就生气地哭了。

可因为孩子，谢烨不可能像英儿走得那么干净利落。

顾城怕她离开自己，上厕所都跟着。

顾城希望能和她重修旧好，但是，谢烨对他坦言说，她自己也有了情人。并提出要让那个人上岛，住到那个英儿住过的房子里去。谢烨希望顾城接受她的情人，像当初她接受英儿，但顾城的回答是："人和人不一样，我做不到！"

这段时间，顾城的情绪变化无常，时而提出要离婚，时而说离不开谢烨。谢烨每天都很紧张，每天外出后进门都怕看到顾城已自杀。

有一天，谢烨说，她的情人第二天就要上岛了。顾城绝望了，准备自杀，写了四封遗书给家人之后，因为争吵，他用一把斧子杀了谢烨，随后自缢。

那天是 1993 年 10 月 8 日。顾城三十七岁，谢烨三十五岁。

英儿，在那一天之后，也成了新闻人物，很多人说她是造成悲剧的罪魁祸首。各种骂名扣了下来。第一次把她带去见谢烨的朋友，一生都没有原谅她。

最让谢烨的朋友和亲人接受不了的，是英儿后来写了一本《魂断激流岛》，在这本书里，她说自己是被顾城强暴的。

她说：她不知道顾城爱着她，完全没有防备地在某一天，被顾城强暴了，因为很喜欢顾城，她也就这样糊里糊涂地介入了顾城和谢烨的生活。谢烨知道他俩的事之后，经常哭。英儿说，每当她说要走，谢烨就哭，央求她留下，并请求她去爱顾城，照顾顾城。她说，谢烨非常可怜。所以，她是为了帮助谢烨而留在岛上的。

这让顾城的家人和朋友暴怒了。

1994 年的 1 月，早已与新西兰老头离婚的英儿与一位大自己

中年时期的英儿

28岁的诗人再婚，定居澳大利亚，改名麦琪。改名，似乎是为了让人们忘记她叫李英，但是在之后创作的每一本书，她仍会提到顾城，仍然在解释，但似乎没有人相信。

她在后来出的书上用过自己的照片，当年的"年轻，漂亮，又有才华的小女孩儿"已经成了眼神枯涩的中年女人，那些青春和清纯，早已消失不见。

查出患鼻咽癌之后，英儿的身体消瘦得像一张纸片，刘湛秋提出回北京，但英儿不愿意回国。

2013年的秋天，英儿的身体似乎有好转，刘有事需要回国一趟，就只身回北京了。

2013年1月7日，英儿睡前给刘湛秋发了一条短信，说一切都好。

第二天一早，刘湛秋发电邮给英儿，没有得到回复。

他急忙联系医院，对方说，英儿已经孤独地去世。

我也喜欢顾城的诗，喜欢那句：

"草在结它的种子，风在摇它的叶子，我们站着，不说话，就十分美好。"

谁也想不到，一个写出如此美好诗句的人，会拿起斧头砍人。

他们三个人，皆因"背离"二字。

所有的一切，都朝着他们的初衷反向而去。

于是，悲剧发生了。

十年前，我和朋友去探访过顾城的父亲，诗人顾工。

那件事情之后，顾城的父母就深居小屋，很少出门。不接受任何采访，也不让亲戚朋友来探望。顾工在家门口贴了一张纸："谁也别来，哪也不去。"，一封闭就是二十多年年，他家的窗台上落满了灰尘。

谢烨

1958年生于北京。热爱文学，创作过一些诗歌、小说和散文。高中毕业后在上海一家工厂做会计。1979年结识顾城，1983年与顾城结婚。1988年与顾城定居新西兰。1993年10月8日死于新西兰。

杨绛

我心静如水

人生就像百合花一样，在历经苦难和喧笑当作自椎
一层层地剥落，直至把内心展示出来成为百合心。

——杨绛

2016 年 5 月 25 日，105 岁的杨绛离开了人世。

在跨越了两个世纪的人生起伏之后，"我们仨"终于又团聚了。

杨绛，1911 年出生于北京，本命杨季康，是著名作家钱锺书的妻子，她出身名门，是大家闺秀，从东吴大学毕业以后，她放弃了美国威尔斯利女子学院的奖学金，考进了清华做外语研究生。

关于这个选择，杨绛的母亲后来用缘分来解释："脚上拴着月下老人的红线呢！所以，心心念念只想考清华。"

杨绛是典型的南方女人，个子不高，清秀温婉，才华和机灵都在眼睛里。更难得的是，她很朴素，落落大方，当时的清华园里，就有 70 多位男生去追她。

那年，是 1932 年，钱锺书也在清华园西方语言文学系念书，他是杨绛的老乡。

钱锺书也是清华园里小有名气的才子，他时常穿着一件布大褂，一双布鞋，戴一副老式大眼镜，走起路来，脚下生风，风度翩翩。

1932 年 3 月，他们第一次在校园里见面的时候，并没有多说话。匆匆一面，却给对方留下了深刻的印象。

杨绛觉得钱锺书"蔚然而深秀"。

钱锺书认定杨绛"与众不同"。

然后，钱锺书就写信约杨绛见面。

"约在工字厅见面。"

杨绛如约而至。见面第一句话，钱锺书就向她澄清一个误会，说自己并没未像传言说的那样，已经订婚。

杨绛乐了，她说："我也并非传言说的，是费孝通的女友。"

两个人都瞬间释然了。

然后，他们就开始了恋爱。

"赠予杨季康，绝无仅有的结合了各不相容的三者：妻子、情人、朋友。"

——这是钱锺书给杨绛的赠书题词

1934 年，他们订婚了。

订婚之前，钱锺书对杨绛说："我志气不大，只想贡献一生，做做学问。"

这样的话，不为功名，不为利，却和杨绛心心相印。她觉得和他共度此生，没错。

1935 年，他们结婚了，在无锡七尺场钱府举行的婚礼。

结婚之后，钱锺书要去英国公费留学。这时候，杨绛还没有从清华毕业。为了能跟他一起走，她放弃了毕业大考，和他一起到英国牛津大学念书去了。

到了牛津，他们生活简单，志趣相投。钱锺书每天泡红茶烤面包给杨绛吃，然后他去上课，她去做旁听生。回到家里，两个人吃完晚饭就相互比赛，比赛读书的数量。

牛津有几百个图书馆，这是最让他们开心的事情。他们一起去图书馆，看够了，又借书出来，回到家里，趴在桌上继续读。

钱锺书是一个童心十足的人，杨绛跟她一起生活，有不少的乐趣。他们在牛津，每天都要午睡。有一天，杨绛在安静地写毛笔字，写着写着，感觉困了，就小睡一会儿。这时，午睡的钱锺书醒来了，看杨绛正睡得香，就拿起毛笔，蘸上墨汁，想给杨绛画个花脸。可是，他一落笔，杨绛就醒了。但是，笔已落下，墨汁已经画在脸上了。

杨绛看着镜子，哭笑不得。

她去洗脸，但是皮肤吃下了墨水，怎么洗也洗不干净，"脸皮像纸一样快洗破了"。

　　杨绛生气了，钱锺书像个犯了错的孩子，手足无措，连连道歉和承诺：以后再也不做这种恶作剧了。

　　但过了一段时间，他又耐不住了，用毛笔在宣纸上画了一幅杨绛的肖像——然后在上面给她添上胡子。

　　1937年5月19日，他们的女儿钱瑗出生了。护士将刚出生的孩子递给钱锺书，他小心地接过来，看了又看，高兴地说："这是我的女儿，我喜欢的。"

　　钱锺书虽然是个知名的大才子，在生活上，却基本像个孩子，有点笨手笨脚。

　　他不会做任何家务，经常左右脚穿错鞋子，甚至不会自己系鞋带。当他打翻了墨水，把房东桌布弄脏了，只会一筹莫展的时候，杨绛就会说，不要紧，我会洗。当他把台灯弄坏了，愁眉苦脸的时候，杨绛会说，不要紧，我会修。

　　但是，当杨绛生完孩子，回到家的时候，他却给她炖了一锅鸡

少年和青年时期的钱瑗

汤，还剥了几颗蚕豆放在汤里。

有了孩子以后，原来衣食无忧的少爷和小姐，更加学会了过日子，油盐柴米，磕磕碰碰，把孩子养得胖胖乎乎，活泼快乐。

有一天，天气正热，年幼的钱瑗午睡正香，钱锺书一看，又来了兴致，拿起毛笔，在女儿肚子上画了一个大花脸。杨绛看见了，把他训斥了一顿，他以后再也不敢乱画了。

1938 年，杨绛的父母先后去世，钱锺书带着杨绛和女儿回国了。

回国之后，生活自然不如在英国，困苦袭来，他们去了昆明，又到了上海。钱锺书为了养家，去大学代课。代课之余，他开始写作《围城》。为了让钱锺书有更多的精力写作，减轻他养家的负担，杨绛也去当小学老师、中学校长，甚至走很远的路到郊区去给人做家庭教师。忙完回到家里，洗衣做饭，照顾孩子。很是辛苦。

那时的上海女人，时兴追赶潮流穿长裤、系皮带。但杨绛仍然喜欢穿旗袍，撑一把阳伞，徐徐前行，温文尔雅。

钱瑗是个非常聪明的女孩，从小就看很多书。有一次，钱锺书出差很长时间，从外地回到上海，四岁的钱瑗都有点不认识他了。看他走进妈妈的房间，她就说："这是我妈妈的房间。"钱锺书乐了，把她拉过来问："那我问问你，是我先认识你妈妈，还是你先认识？"钱瑗说："当然我先认识。我一生下来就认识，你是长大了认识的。"钱锺书哈哈大笑。

在上海，钱锺书用两年时间写完了《围城》。

1948年，牛津大学、香港大学、台湾大学先后邀请他去任教，但都被钱锺书婉拒了。

"人的遭遇，终究是和祖国结连在一起的……不是故国之外无世界，但不是我的世界。"

——钱锺书

1949年，钱锺书和杨绛重返清华大学。

1958年，杨绛决心自学西班牙语，翻译《唐·吉诃德》。她无师自通，锲而不舍地完成了这个看似不可能的工作。那年她已经年近五十岁。

岁月流逝，他们都慢慢老了。

"我们仨，却不止三人。每个人摇身一变，可变成好几个人……阿瑗长大了，会照顾我，像姐姐；会陪我，像妹妹；会管我，像妈妈。阿瑗常说：'我和爸爸最哥们儿，我们是妈妈的两个小顽童，爸爸还不配做我的哥哥，只配做弟弟。'我又变为最大的，锺

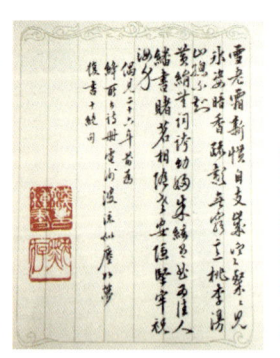

钱锺书赠杨绛的十绝

1966年，"文革"来了。杨绛被"揪"了出来。在千人大会上，她被扭到了台上，满脸通红，戴着白帽子。批斗她的人，要她说点什么，她不知道该怎么说，就很着急，一个劲地跺着脚。

钱锺书在台下，看着自己的妻子这样受辱，他无能为力，所能做的，就是扭头，转身离开会场。

没过几天，钱锺书也被"揪"出来，罪名是"资产阶级学术权威"。

为了批斗方便，他们索性自己在家制作了两块牌子，自己用毛笔工整地写上"资产阶级学术权威"几个字，然后穿好绳子。每天上班之前，他们把牌子各自挂在胸前，互相鉴赏一番，再不卑不亢地手挽手出门去，任凭路边的孩子们哄笑，他们仍旧昂首阔步。

杨绛被罚清洗厕所，她把积满陈年污垢的女厕所擦得焕然一新，把进去的人吓一跳，不禁心生敬意——这个扫厕所的女人，可是令人敬重的精通四国语言的大翻译家呀！

钱锺书被贴了大字报，杨绛就在大字报旁边贴了一张小字条为他澄清辩诬。这个勇敢的举动，被人发现了，她又被抓去批斗。

一天，有人来通知钱锺书，要他去参加国宴，"江青同志点名要你去的！"钱锺书拒绝说："我很忙，我不去！"来人很为难："那么，我就说你身体不好，起不来？"钱锺书说："不！不！不！我身体很好，你看，身体很好！哈！我很忙！我不去！"

1969 年，钱锺书被下放到河南干校。

杨绛和女儿、女婿流着泪去送他。

杨绛帮钱锺书把一条补好的裤子装进包里，那条裤子，一补再补，补成了圈圈，钱锺书开玩笑说，以后不管去哪里，都不用带椅垫了。

钱锺书看着自己的妻子，多少年过去了，世事变迁，她已经不再是当年清华园里那个富家小姐了。她和他一起享受过牛津的幸福时光，然后又跟着他颠沛流离，一起吃苦，一起受罪，还要面临眼前的别离。

车还没开，钱锺书一个劲催他们快回去。

他心里太难过，更不想看到她们流泪的样子。

1970 年，杨绛也被下放到河南干校。

她走的那天，女儿钱瑗一个人去送她。一个月以前，钱瑗的丈夫因为受不了批斗迫害而自杀了。

杨绛心疼女儿，却不能不走。

她一走，就剩下钱瑗一个人在北京了。

在干校，杨绛被安排在菜园干活。菜园里活不重，闲的时候，她就搬个小马扎，坐在园子里看书。

钱锺书当时在做收发员。他每次去取报纸和信的时候，经过菜园，就会去找杨绛，两个人短暂地聚一会儿，在菜园里晒晒太阳，聊聊天。临别的时候，他还会递一个东西给她，那是一个小礼物，或者是他写给她的信。

"文革"结束后，钱锺书和杨绛回到了北京。

这么多年的动荡生活终于结束。

有一天，杨绛要把她给钱锺书织的一件旧得不能再旧的毛衣捐掉，钱锺书紧紧抱着不放。

1995年，钱瑗生病了，咳嗽，腰疼。到后来，她竟起不了床。她的学生把她送到医院去的时候，她还故作轻松地对杨绛说：妈妈等着我，我很快就回来。

她患的是脊椎癌，进医院已是晚期。

没过多久，钱锺书也病了，住进另一个医院。

"锺书病中，我只求比他多活一年。照顾人，男不如女，我尽力保养自己，争求'夫在先，妻在后'，错了次序就糟糕了。"

——杨绛

钱锺书在病榻之上，全靠杨绛一人照料。

他当时已不能吃，只能靠鼻饲。

杨绛每天给他精心做饭。菜做成糊糊，鱼做成粥，把小刺一根根挑出来。

那段时间，钱锺书住在北京医院，钱瑗住在西郊的医院，杨绛两边跑着，非常辛苦。

钱瑗担心杨绛去医院看她太劳累，总是说自己的病已经好很多了，不要她去看她。

杨绛只能经常打电话给女儿，她们在电话里，聊"什么最好吃。"

在病中，钱瑗仍然在坚持写作。

"人生在世，应爱惜光阴。我因住院躺在床上，看着光阴随着滴滴药液流走，就想写点父母如何教我的事：从识字到做人，也算不敢浪费光阴的一点努力。"

——钱瑗

有一天，杨绛去看钱瑗，因为每次打电话，钱瑗都嘻嘻哈哈，她以为女儿的病不会重到那个地步。但是，这一次，看到女儿在病床连翻身都困难了，她心里很明白，只有心痛。

女儿的心里也明白。

她看着女儿。

女儿看着她。

她们都不知道说什么，一句话都没有。

1997年3月3日杨绛再次去看望女儿。离开的时候，她拉着女儿的手说："安心睡觉，我和爸爸都祝你睡好。"

1997年3月4日下午，钱瑗在睡眠中去世。

3月8日，钱瑗的告别仪式，钱锺书和杨绛都没有参加。杨绛对钱锺书隐瞒了这个消息。

钱瑗的学生，将她的骨灰埋在了北师大的一棵古松下。

几个月以后，杨绛从那里路过。

她远远地看着那棵树，没有走过去。

她说，她觉得女儿不在那里，但她也不知道，她去了哪里？

有一天，杨绛对病中的钱锺书说：我要写一个女儿，叫她陪着我。

当时已经不能开口说话的钱锺书，点头表示同意。

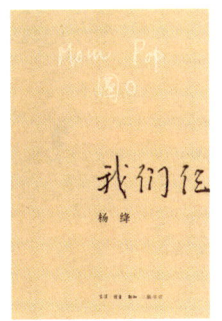

一年以后，钱锺书也走了。

"我们仨失散了。"

2003年7月，九十二岁高龄的杨绛写完并出版了《我们仨》。在书的扉页上，她写着：

"我一个人思念我们仨"。

"我今年一百岁，已经走到了人生的边缘的边缘，我无法确知自己还能往前走多远，寿命是不由自主的，但我很清楚我快'回家'了。我得洗净这一百年沾染的污秽，回家。我没有'登泰山而小天下'之感，只在自己的小天地里过平静的生活……细想至此，我心静如水，我该平和地迎接每一天，过好每一天，准备回家。"

——百岁生日前，杨绛给读者写的公开信

晚年的杨绛，把她和钱锺书所得的八百多万元版税全部捐赠了，一个人住在北京一个普通的小区里。

她住的房子是这个小区几百户人家里，唯一没有封闭阳台的。因为她要让这个房子，保持和钱锺书在的时候一样。

她最喜欢做的事，就是在阳台上，晒一晒太阳。

那一幢70年代的楼房，楼下有大树和草坪。她的家里，白墙，水泥地，明亮的玻璃窗、书柜和沙发，还保持着钱锺书在世时的样子。天花板上，有几个手印，那是这些年，她自己换灯泡留下的。

看到记者对她家里的描述，我的脑里在想象，在那个简单素净的房间里，阳光在尘埃里照出一条光线，一个白发苍苍的老人，如何慢腾腾把椅子放在桌子上，然后再站在椅子上，去换日光灯管。

在他们的书桌上，放着她和钱锺书的合影。他们站在一起，微笑着。

· 杨绛写婚姻

我原是父母生命中的女儿，只为我出嫁了，就成了钱锺书生命中的杨绛。其实我们两家，门不当，户不对。他家是旧式人家，重男轻女。女儿虽宝贝，却不如男儿重要。女儿闺中待字，知书识礼就行。我家是新式人家，男女并重，女儿和男儿一般培养，婚姻自主，职业自主。而钱锺书家呢，他两个弟弟，婚姻都由父亲做主，职业也由父亲选择。

钱锺书的父亲认为这个儿子的大毛病，是孩子气，没正经。他准会为他娶一房严肃的媳妇，经常管制，这个儿子可成模范丈夫；他生性憨厚，也必是慈祥的父亲。

我最大的功劳是保住了钱锺书的淘气和那一团痴气。这是钱锺书的最可贵处。他淘气、天真，加上他过人的智慧，成了现在众人心目中博学而又风趣的钱锺书。他的痴气得到众多读者的喜爱。但是这个钱锺书成了他父亲一辈子担心的儿子，而我这种"洋盘媳妇"，在钱家是不合适的。

但是在日寇侵华，钱家整个大家庭挤居上海时，我们夫妇在钱家同甘苦、共患难的岁月，使我这"洋盘媳妇"赢得我公公称赞"安贫乐道"；而他问我婆婆，他身后她愿跟谁同住，答："季康。"这是我婆婆给我的莫大荣誉，值得我吹个大

牛啊！

　　我 1938 年回国，因日寇侵华，苏州、无锡都已沦陷，我娘家、婆家都避居上海孤岛。我做过各种工作：大学教授，中学校长，兼高中三年级的英语教师，为阔小姐补习功课，还是喜剧、散文及短篇小说作者，等等。但每项工作都是暂时的，只有一件事终身不改，我一生是钱锺书生命中的杨绛。这是一项非常艰巨的工作，常使我感到人生实苦。但苦虽苦，也很有意思，钱锺书承认他婚姻美满，可见我的终身大事业很成功，虽然耗去了我不少心力体力，不算冤枉，钱锺书的天性，没受压迫，没受损伤，我保全了他的天真、淘气和痴气，这是不容易的。实话实说，我不仅对钱锺书个人，我对全世界所有喜读他作品的人，功莫大焉！

　　　　　　　　　　　　　　　——《钱锺书生命中的杨绛》

杨绛

作家、翻译家

通晓英语、法语、西班牙语，由她翻译的《唐·吉诃德》
被认为是最优秀的翻译佳作之一。

程季淑 / 我们要手拉手地走下山去

约翰安德森我的约翰

约翰安德森我的约翰，
当初我们俩刚刚相识的时候，
你的头发黑的像是乌鸦一般，
你的美丽的前额光光溜溜；
但是如今你的头秃了，约翰，
你的头发白得像雪一般，
但愿上天降福在你的白头上面，
约翰安德森我的约翰！
约翰安德森我的约翰，
我们俩一同爬上山去，
很多快乐的日子，约翰，
我们是在一起过的；
如今我们必须蹒跚的下去，约翰，
我们要手拉着手的走下山去，
在山脚下长眠在一起，
约翰安德森我的约翰！

By 英国诗人彭士（Robert Burns）

这是梁实秋和程季淑最爱的一首诗

有一天，北京大雾，中午有一点昏黄的太阳照进房间，我和人谈完工作心烦得很，就看书。看梁实秋的《槐园梦忆》。

两个人的一生，写进 79 页发黄的纸里，道尽繁华若梦，人生流离，心之易碎。

"两个人拉着手走下山，一个突然倒下去，另一个只好跟跟跄跄的独自踉踉偌的旅程！"

唉，看着看着，心酸不已，想到他已离世，去和她团聚，心里竟然觉得安慰。

合上书，我仿佛能看到，在梁实秋的妻子程季淑去世以后的那几年，一个暮年的老人是如何徘徊在那个叫"槐园"的墓地。

"槐园"芳草萋萋，树木葱郁，时常有喷水器洒水浇草地，步履蹒跚的梁实秋，经常一个人去那里，"徘徊不忍去"……他把带去的鲜花插进半埋在土里的金属瓶子里，然后在里面灌上清水，低声喊她几声，生怕惊扰了她。然后他会在那里和她说话，说距离上次来看她的两周里，发生了些什么事情。有时候，他也会沉默不语，五十多年的往事，如梦如幻，出现在一个风烛残年的老人的回忆里……

谁说提亲做媒就没有浪漫的爱情呢？

梁实秋和程季淑就是通过别人提亲做媒认识的，介绍人是程季淑的好朋友黄淑贞。她写了一张红字条，送到梁家，上面写着：

"程季淑，安徽绩溪人，年二十岁，1901 年 2 月 27 日寅时生。"

在清华大学念书的梁实秋刚开始并不知道这个事情。

他的母亲和大姐接到字条后，就结伴去黄家看程小姐。大姐对程小姐的印象非常好："蛮斯文的，双眼皮，大眼睛，身材不高，腰身很细，一头乌发，绾成一个发髻堆在脑后……"

程小姐梳了一个厚厚的刘海儿，就像一个大大的篷子一样盖住了额头。梁实秋的大姐生怕那个大篷下面掩盖着疤痕什么的，就故作亲热地走上去，一边用女人间谈话常用的语气说"哎呀，你的头发梳得真好看呀！"什么的，一边很自然地掀起她的刘海儿来看。

后来，知道了此事的梁实秋听大姐讲到这里，着急地问大姐："那你看到什么了吗？"

大姐说："什么也没有。"

他如释重负地笑了。

在那个时代，很多年轻人都是听凭父母的安排结婚的。

五四运动以后，受了新思想影响的梁实秋决定不再让家长管这件事情，他写了一封信给程小姐，问她"愿不愿意和我做个朋友"。

这封信有去无回。

梁实秋以为程小姐对他没有意思，就断了继续联系她的念头。

有一天，他意外收到了一封英文信，上面告诉了他程小姐的电话号码，让他打电话过去。

梁实秋鼓起勇气，拨了一个电话给素昧谋面的程小姐。

程小姐接听了电话，当她听梁实秋报上姓名，吃了一惊，半天都不知道该怎么说话。

梁实秋直截了当地要求和她见面。

程小姐支支吾吾地答应了。

挂了电话，梁实秋高兴得不得了，因为在电话里，程小姐的声音听起来柔和清脆。

"用'珠圆玉润'四字，实在是非常恰当。"

他们约在了星期六的午后。

到了那天，梁实秋在清华园坐人力车到西直门，然后换车到宣武门，那真是漫漫路程。

花了近两个小时，他终于在一个荒凉深长的巷子里找到了那个女子职业学校。

介绍人黄淑贞见梁实秋来了，就找借口要走，程季淑着急地喊：你不要走！你不要走！

梁实秋觉得她这个慌张的样子好可爱。

梁实秋那天穿的是蓝呢长袍，挽着袖口，胸前别着清华的校徽。

好多年以后，程季淑告诉他，她喜欢他那天的装束。

程季淑呢，穿的是一件灰蓝色的棉袄，一条黑裙子。

梁实秋到老了，仍然记得她那天穿着的细节：

"我偷眼注意了一看，发现她穿着一双黑线面的棉毛鞋，上面带了许多孔，系着黑带子，又暖和又舒服的样子，衣服、裙子、毛鞋，显然全是自己缝制的，她是百分之百的一个朴素的女学生。"

那一次见面，程小姐有几分矜持。"但她并不羞涩。"

等梁实秋起身告辞的时候，"我没有忘记在分手之前先约好下次会面的时间和地点。"

第二次见面，他们约在了中央公园。

梁实秋提前十五分钟就到了那里。

"等人是最令人心焦的事，一分一秒地捱着，不知有多少次手表，可是等等所期待的人不知何故，有的多半误写或迟到，一去见芳去了。"

后来,他们就经常在太庙里相会,两个人在那里聊天,或者"看着太庙里的灰鹤出神"。

他们也去逛北海,看电影,在那个时代里,两个年轻男女,在公园里并肩前行,是要被人吹口哨的。但是吹就吹吧,虽然她是家庭管教很严的大家闺秀,但是与梁实秋的约会,她从来没有爽约过!

他们约会了两年之后,1932 年 6 月,梁实秋清华毕业了,即将去美国留学。

他并不想去,因为觉得学中国文学就应该留在中国,但是程季淑劝他打消这个想法,要他出国去。

他们约定,等梁实秋留洋三年以后,回来就结婚。

梁实秋去钟表店买了一只手表送给程季淑,亲自给她戴上。

那可能是他第一次握她的手。

几十年以后,梁实秋都还记得给她戴手表的那一瞬间,他的感觉:"你的手腕好细,真的,不盈一握!"

程季淑送给梁实秋一幅她亲自绣的"平湖秋月图"。

临行前,他们一起去看了一场戏,两个人在黑暗的戏院里坐了两个小时,可是谁也没有看进去。

从戏院出来,下起了雨。

"园里的电灯全亮了起来，照得雨湿的地上闪闪发光。"

他们走进了一家餐馆，从来不喝酒的程季淑，斟满一杯葡萄酒：

"祝你一帆风顺，请饮尽这一杯！"

梁实秋泪水盈眶，他们举起杯子，相对一饮而尽！

"我们就这样开始了我们的三年别离。"

在船上留影

梁实秋和逃难的学生

梁实秋留学时期照片。

前排右二为梁实秋

梁实秋在美国留学期间，程季淑也进了美院学习油画。

后来梁实秋在美国进入哈佛研究院，程季淑却因为美院停办而中止了学习。

那三年里，他们写了很多的信。

那时候的信，要在海上漂泊20多天才能达到。但是他们不会嫌慢，因为经常写，每隔三两天，他们就会收到信。

三年很快过去。梁实秋回到中国。

久别重逢，她见到他的第一句话就是：

"你好像瘦了一些。"

回国以后，梁实秋去了南京教书。

他在学校附近租了一个房子，开始自己粉刷墙壁，购置家具，足足忙了几个月，一切都安顿好了，他给程季淑写信说：

"新房布置一切俱全，只欠新娘。"

他召唤，她就去了南京。

"南京冬天也相当冷，屋里没有取暖的设备。季淑用蓝色毛绳线给我织了一条毛裤，由邮寄来。一排四颗黑扣子，上面的图案是双喜字。我穿在身上说不出的温暖，一直穿了几十年。"

1927年2月11日，梁实秋和程季淑在北京的南河沿欧美同学会举行了结婚仪式。

婚礼非常简单，程季淑戴着玫瑰花冠，穿了一双高跟鞋，娇小玲珑，梁实秋一看见她，就想起了一首彭士的诗：

她是一个媚人的小东西
她是一个漂亮的小东西
她是一个可爱的小东西
我这亲爱的小娇妻！

因为太紧张，在婚礼上，梁实秋把手指上的戒指都甩掉了。

大家有点尴尬。

程季淑安慰他说：没关系，我们不需要这个。

婚礼之后的十几天，时局起了变化，梁实秋的父亲把他叫到书房，要他立刻带着程季淑离开。

"我观察这几天，季淑很贤惠而能干，她必定会成为你的贤内助，你运气好，能娶到这样的一个女子，男儿志在四方，你去吧！"父亲说到这里，眼眶都红了。

梁实秋从父亲的书房里出来，就去找季淑商量。季淑是一个有决断的女人，马上脱掉鲜艳的衣服，换上朴素的粗布褂，和他一起离开家，一路坐火车，坐汽车、马车，再换轮船，颠沛流离，到了上海。

上海的生活非常艰苦，但他们的生活却非常快乐。对他们而言，不管这个世界发生什么样的变化，不管是在任何地方，一个人，只要能和相爱的人住在自己的家，就很舒适，很幸福。

梁实秋在一个报社找了一份工作，每天晚上要加班发稿。每一次，等他忙完赶回家的时候，程季淑总是在床头看着书等他。

她问：你上楼的时候，是不是一步跨上两级楼梯？

他：你怎么知道？

她说：我听着你通通响的脚步声，数着响声的次数，和楼梯的级数不符合。

可想，每一天，梁实秋想回家的心情多么急切！

他在书里像个孩子一样可爱地说：

"我根本不想离开我的房屋，吾爱吾庐！"

到了上海不久，程季淑生下了女儿文茜。

第二年，程季淑生了第二个女儿。

第三年，他们的儿子文骐出生了。

照顾三个孩子，是很不容易的事情，爱美的程季淑把留了多年的长发剪掉了。

家里人口多了，开销大，她也不再去外面买衣服穿了，都是买布回来自己剪裁，自己做。

有一天，他们的朋友徐志摩跑到他家里，悄悄对梁实秋说：有人请我们去吃花酒，你和你夫人商量商量，能去就去，不能去就算了。

梁实秋上楼去问程季淑。

程季淑笑嘻嘻地说：去嘛，见识见识。

梁实秋高兴地扭头就走。

程季淑喊他：喂！什么时候回来？

"当然是，吃完饭就回来！"

酒席之后，梁实秋回到家里。程季淑问他感想怎么样？

他告诉她：买笑是一件很痛苦的事情！

1930 年夏天，梁实秋经人邀请，去了青岛教书。程季淑带着孩子也跟了去。

他们在海滩附近租了一栋房子，程季淑很喜欢那里，经常带着孩子去海滩上玩耍。

梁实秋在那个时候开始了翻译莎士比亚的作品。

1933 年，他们的第四个孩子文蔷出生了，可是没过多久，四个孩子同时感染了猩红热，第二个女儿不幸夭折。程季淑非常伤心，孩子葬礼那天，她连门都出不了。

梁实秋独自埋葬了小小的孩子。

翻译莎士比亚的作品是非常辛苦的事情，季淑怕梁实秋劳累过度，一年只允许他翻译两本。

他们计划用二十年完成这个工作。

但实际上，完成它，梁实秋整整用去了三十年的时间！

1934 年 7 月，应胡适的邀请，梁实秋又带着家人离开了青岛，去了北平，在北

京大学教书。

离开青岛，他们很不舍。

"季淑在离去之前，把房屋打扫整洁一尘不染，这以后成了我们的惯例，无论走到哪里，临去必定大扫除。"

1937 年，卢沟桥事变爆发，北平陷落。

有朋友暗示，梁实秋已经上了日军的"黑名单"。

梁实秋写下遗嘱，逃离北平。

他去了南京。这一去就是六年。

在这六年里，梁实秋颠沛流离，贫病交加。

季淑在家照顾老人和孩子。

物资短缺的时候，孩子们饿得直喊，季淑无以为应，只能肝肠寸断。

战争快要结束了，季淑带着三个孩子，11 件行李，开始上路，去找梁实秋。一路在黄土飞扬的路上缓缓前行。

终于，他们全家在四川团圆了！

抗战胜利以后，他们一家又从四川迁徙到了南京。

然后，又从南京，回到了阔别八年的北平。

回到家的时候，门前的野草都有一人高了。

程季淑带着孩子们拔草，整理庭院，家里又焕然一新！

可是，稳定的日子还没有过多久。

1948 年，北平城内再次炮声隆隆。

他们一家人在逃难中，四分五散。

最终，又在广州得以重逢。

然后，又辗转去了台湾。

已经中年的他们，又慢慢在台湾置办出一个家。

1963 年 12 月 18 日。程季淑正在厨房做午饭。突然听见客厅一阵骚乱。她冲进客厅，发现一个盗贼正拿着枪对着梁实秋。

程季淑非常冷静，问盗贼：你有什么要求，尽管直说，我们都答应你。

这时门铃响了。

盗贼一阵慌乱，举着枪大喊：你们要是敢乱动一下，我就和你们同归于尽。

程季淑安抚他说：你们坐下来，我去应门，你放心，不管是谁，我都不会让他进来的。

晚年的梁实秋和程季淑

最后，盗贼卷走了家里所有的钱，并夺走了他们的手表和首饰跑了。

多亏程季淑临危不乱，才使梁实秋幸免于难。

后来，盗贼被抓到，并被判处极刑。

善良的程季淑前去为他说情。但是没有效果。

盗贼被处决那天，她流下了眼泪。

日子一天天过去，孩子们，越来越大。梁实秋的发际线，开始往后退，程季淑也开始丰腴发胖。

有一天，他们去散步，邻居一个小女孩，用小手指着程季淑说：你老啦，你的头发都白啦！

当时他们都笑童言无忌。

但是回到家，程季淑就对梁实秋说：我要去染头发了。

但是，梁实秋说：你不要去染，我爱你现在这个样子，头发白不白，没有关系。我们老了。

这个时候，他们的孩子，大多数都已经去了美国定居。

经过儿女的劝说，他们终于又一次卖掉台湾的房子，迁移到美国去。

"美国不是一个适于老年人居住的地方，一棵大树，从土里挖出来，移植到另外一个地方去，都不容易活，何况人？"

岁月不饶人，他们已经是两个垂暮老人了。

有时候，程季淑会抚摸着梁实秋的头发说：看你的头发已经变得又细又软了，还记得好多年前，我给你理发。你的头发又多又粗，硬得像是板刷，一剪子下去，头发茬蹦得到处都是……

梁实秋也笑她，说她的腿脚已经不灵便，要爬楼，只能四肢着地爬上去。那时候的程季淑经常穿一件毛茸茸的外套，所以，在爬楼的时候，梁实秋对她轻喊：黑熊，爬上去！——季淑毫不介意，

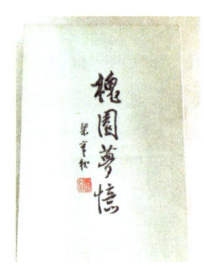

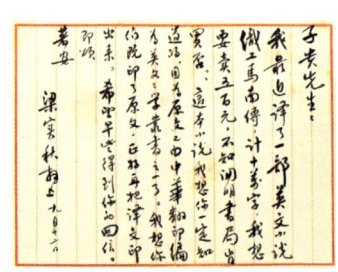

反倒掉转头，对他吼一声，做出要咬他的样子。

他们老了，对于死的话题，他们毫不忌讳。关于谁先死好，谁后死好，他们经常争论，都想死在后头，因为都想替对方来承担那份失去的痛苦。

尽管经常谈论，但梁实秋以为，离那样的日子一定还有些时间，所以，他们还商量好了什么时候回中国看一看；然后，再过两年，就是结婚 50 周年了，到时候要好好庆祝一下。

"谁知道这两个期望都落了空！"

有一天，两个老人手拉手去超市买一些食物。

超市门口的梯子突然倒下，砸中了程季淑。

在把程季淑送往手术室的路上，梁实秋一路小跑，老泪纵横。

程季淑伸出手给梁实秋，一再对他说：你不要着急，你不要着急……

这是她对他说的最后一句话。

"她直到最后还是不放心我，她没有顾虑到她自己。"

在手术室门口，梁实秋让她不要紧张，"最好笑一下。"

她真的笑了。

她一生跟着他颠沛流离，含辛茹苦，在人生的最后时刻，在自己极为痛苦的时候，也不愿意让他难过，对他做出了最后一个微笑。

程季淑进了手术室以后，就再没能醒来。

“我说这是命运，因为我想不出别的任何理由可以解释。我问天，天不语……”

我像一棵树，突然一声霹雳，电火殛毁了半劈的树干，还剩下半株，有枝有叶，还活着，但是生意尽矣。两个人手拉着手的走下山，一个突然倒下去，另一个只好踉踉跄跄的独自继续他的旅程！”

1987 年 11 月 1 日，梁实秋因为心肌梗死病逝于台北。

程季淑

安徽绩溪人

作家梁实秋的妻子。

杜拉斯

再见了，情人，
请原谅我的一切

"我变老了。我突然发现我老了。他也看到这一点，他说，你累了。"

——杜拉斯《情人》

要认出杜拉斯，很容易，她穿得很特别：格子裙，毛套衫，一件黑色的背心，鲜艳的大围巾，一副黑色的宽边眼镜，脚上穿一双高跟短靴。

她这样打扮了十几年，以至在《情人》全球大热的时候，许多人都在模仿她的穿着，其实她是因为穷才这么穿的，那件黑色的背心，她穿了十五年。

因为她七十岁才真正地成名，那似乎有点太晚了，但是对她来说，不是这样，因为写作是她的生命，是她的救赎，也是她的"慢性自杀"。

　　"写作，那是我生命中唯一存在的事，它让我的生命充满乐趣。我这样做了，始终没有停止过写作。"

　　在法国，她被称作是"一位不可模仿的女性"。

　　她的身高只有一米五。

　　她喜欢独来独往，独断专行。

　　她的眼睛，看上去狂妄、自恋、傲慢、癫狂。

　　她一生都是孤独的，尽管她有好多情人。

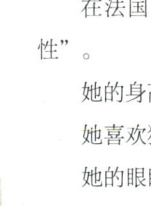

　　她的小说《情人》打破了法国出版印刷的纪录。

　　我是因为看了她的书，才去越南旅行的，只是我去的时候，已经找不到太多书里的痕迹，和大多努力"发展"的国家一样，街边有太多手机和洗发水的广告牌子。

　　可是，少女时代，和母亲、两个哥哥一起生活在越南的杜拉斯，看到的却不是那样的情景吧！湄公河的粼粼波光，大叶子的树，细窄的房子，浓密的草，闷热的空气，旋转的旧旧的电风扇……对了，还有一条湄公河上的渡船！

　　那个年轻的杜拉斯，小小瘦瘦的白种女孩，就是在那条渡船上邂逅了一个中国男人。她虽

然穿着寒酸，但是俯身靠在渡船上，浑身上下透露出稚嫩的性感。

那个中国男人叫李云泰，是一个中国富商家的公子，他衣着体面，风度翩翩，衔着一支英国烟，从一辆黑色的豪华轿车里走出来。他们就这样相识，并且情不自禁地爱上了。他们疯狂地爱着对方，一个不知道自己将来会成为作家的女人的初恋，是那么不可抑制，无法停止。

但是，也许是因为种族、年龄的差距，也许是命中注定不能在一起，十五岁的杜拉斯，跟随母亲乘船回法国了。

中国男人穿着西装，坐在轿车后排，目送着情人离开。

杜拉斯站在船上，没有流泪。

从那天起，这段恋情，就被杜拉斯锁进了心里，深深埋葬，她没有再提起，在心里一放，就是几十年！

1971年，中年的李云泰带着妻子去巴黎，他给已经50多岁的杜拉斯打了一个电话。他对她说，和过去一样，他仍然爱着她，他说他将爱她一直爱到死。

这个时候的杜拉斯，已经结过一次婚，又离过婚，经历过孩子的夭折，她在巴黎孤独疯狂地写作，十年里写了十几部剧本。她自己做吃的，自己裁剪衣服。她喜欢喝酒，在情人中周旋徘徊，相爱，又分手，为他们疯狂，为他们绝望，为他们痛苦挣扎……

所以，不知道接到那个电话的杜拉斯，心里是什么感受，她恐怕也是没有流泪吧！

1991 年，李云泰病逝的消息传来，杜拉斯才老泪纵横。

"我根本没想过他会死。"

她停下手头的一切工作，沉浸在往事当中，她重新打开记忆，开始写《情人》。

"太晚了，太晚了，在我这一生中，这未免来得太早，也过于匆匆。"

这部小说，获得了法国最具权威性的龚古尔文学奖，给她带来了极大的声誉。

《情人》大获成功，她却十分冷静。

因为她已经老了，成不成功，无所谓了。仔细端详着镜子里的自己，她发现自己真的已经老了，于是她选择了一个不会意识到这

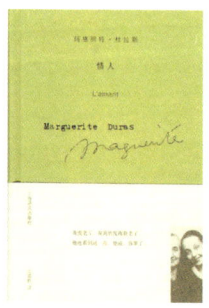

一点的朋友——酒精。她一生中最忠诚的，能赶走她心里的惊慌和失落，给她欲望和激情的朋友。

晚年的杜拉斯，喝了很多很多的酒。

有记者采访她："您在生活中最喜欢什么？"

她说："这很容易回答，爱。"

六十多岁的杜拉斯，在这时，遇见了她人生中最后一个情人。这个年轻的男人，叫杨，和杜拉斯第一次见面的时候，他还是个中学生。他去参加她的座谈会，座谈会结束后，杨拿出一本她的书请她签名，还说要给她写信。杜拉斯在书上写下了自己的地址。杨开始给杜拉斯写信，一封，又一封，但是杜拉斯有太多给她写信的读者了，她没有给他回信。然后突然有一天，杜拉斯给杨写信了，她说：

"生活下去是如此困难。"

她告诉杨，自己经常害怕一个人在家里待着，就在下大雨的时候，跑到大街上的屋檐下站着。她还说自己因为喝酒太多，

住进了医院。这时的杨，已经大学毕业了，他给她打电话，告诉她，他要放弃工作，要离开家，去找她。

于是有一天：

"我已经老了，有一天，在一处公共场所的大厅里，有一个男人向我走来。他主动介绍自己，他对我说：'我认识你，永远记得你。那时候你还很年轻，人人都说你美，现在，我是特地来告诉你，对我来说，我觉得现在的你比年轻的时候更美，那时的你是年轻的女人，与你那时的面貌相比，我更爱你现在备受摧残的面容。'"

那时是 1980 年，杜拉斯 66 岁，而杨·安德烈亚，只有 27 岁。

"爱情是永存的，哪怕是没有情人。重要的是，要有这种对爱情的癖好。"

在杜拉斯眼里，爱情与他者无关，它是一种癖好。

杨对她，是真挚的。他就一直在杜拉斯的身边，照顾和陪伴她，尽管他是一个同性恋，和杜拉斯的年龄也相差了近 40 岁。

他们在一起生活了十几年，他甘心做她的情人、奴隶、司机、出气筒……为她整理稿件、购物，帮她接电话，护理她的衣食住行……

但她还是怀疑他的感情，问他："要是我一本书都没有写过，你还会爱我吗？"

她还警告他："不知道你在我这里干什么？是不是为了钱？我先告诉你，我什么都不会给你！我了解那些骗子，你别想骗我。"

她会当着众人辱骂他，说刺激他的话。在她说这些话的时候，他始终选择沉默。实在受不了，就逃跑，彻夜不归，去车站的长椅上过一夜……天亮了，他又回去找她。

晚年的杜拉斯酗酒越来越厉害，最终被送进医院，杨一直守在

她的身边。

她已经走不动路，连一个汤勺都拿不住了，口水不停地流淌，弄得到处都是，杨依然细心地照顾她。

她对杨说：

"如果我就这样昏迷过去，你不知道我会不会继续活着，你还会要我吗？"

他对她说："会，我会的。"

病危之际，杜拉斯已经说不出话时，她递给他一张小纸条，上面写着：

"杨，永别了，我走了。拥抱你。我爱你。请原谅我的一切。"

1996年3月3日，杨守候了杜拉斯一夜之后，回到自己的房间，准备睡一会儿。杜拉斯孤独、安静地死去了。

她被安葬在巴黎的蒙帕那斯公墓。一块石头上刻着她的名字"玛格丽特·杜拉斯"，以及她的生卒年月日，就是这样。

玛格丽特·杜拉斯

法国著名的女小说家、剧作家。1914年出生在越南嘉定，童年的苦难和母亲的悲惨命运影响了她的一生。她从1943年开始写作，在将近20年的时间里，没有人把她当成作家，她的作品常常只印几百册。但是她从未中断写作，直到40年后的1984年，《情人》获得龚古尔文学奖，她从而闻名世界。

杜拉斯经典语录

- 如果我不是一个作家，会是个妓女。

- 跟大家一起得不到任何东西，一个人才能有所收获。

- 我更喜欢与很不爱我的人在一起，而不喜欢与太爱我的人在一起。

- 对付男人的方法是必须非常非常常爱他们，否则他们会变得令人难以忍受。我爱男人，我只爱男人。我可以一次有五十个男人。

- 爱情并不存在？男女之间有的只是激情，在爱情中寻找安逸是绝对不合适的，甚至是可怜的。

- 如果活着没有爱，心中没有位置，没有期待的位置，那是无法想象的。

- 如果一个女人一辈子只同一个男人做爱，那是因为她不喜欢做爱。但发生一次爱情故事比上床四十五次更加重要、更有意义。

- 我长得太矮了，太平庸了，大街上永远也没有人回头看我了！

孟小冬

人生如戏，
美梦一场

对于逝去的人，活着的人再来看他们的故事，就像在看戏一样。对于他们自己，所有的喜，怒，哀，乐，悲，欢，离，合，早已经了断。

孟小冬这一辈子，太苦了。

曾经，在台上，她是须生之后，梨园名伶；在台下，她明艳照人，芳华绝代。为她动情的男人曾经数不胜数，曾与她相伴的两个男人，一位是南北闻名的戏剧大师梅兰芳，另一位是叱咤上海滩的杜月笙。可她的人生，就像是一出戏，起伏激烈，从陆离的灯光中退下，繁华如梦，只留下似是而非的回忆，迷离而又悲情。

1907 年 12 月 9 日，中午时分，一个新的生命在上海的一条弄堂里降生了。这个生下来就亮着嗓子大哭的女孩就是多年以后红遍南北的梨园"冬皇"孟小冬。为了避讳民间"腊月羊，守空房"的说法，她的父母把她的出生年改为1908年，但，即便是这样的举动，还是不能让她逃过不幸的命运，一生为情所困。

坤伶孟小冬之男装

（北洋画影会调武越推）

Meng Siu-tung, prominent actress, in a man's style

孟小冬叫孟小冬以前，有一个美丽的名字，叫孟若兰。

出身梨园世家的她五岁开始学艺，七岁登台献唱，十二岁参加公演。她的扮相帅气，唱腔很有韵味，十四岁就已经在上海滩名声鹊起，一个人撑起了家庭的重担。对于已取得的成功，孟小冬并不满意，她心里有一个想法，想要唱响京城。

骨子里的执拗让她选择北上。

那个年代，从上海到北京，有漫漫的路途，一路颠簸的孟小冬，并不知道自己的将来会怎么样，她并不知道因为有了这个选择，才有了以后的享誉戏曲界的梨园"冬皇"，也因为这一次上路，她即将遇到生命中第一个男人，一段令世人惊叹的恋爱正在前路等她。

孟小冬男装

一次后台的擦肩而过。

四目相对的瞬间。

一切都像是命中注定，梅兰芳与孟小冬，在北京城第一舞台的义演中相遇了。

《游龙戏凤》

在孟小冬初来乍到的眼中，台下被人群簇拥的梅兰芳身着西装，俊美儒雅、翩翩公子，仰慕之情让她不知如何开口和他说话，只喊了一句："梅大爷。"她不知道，在她登台表演《上天台》时，梅兰芳正在化妆室里伫立聆听她的唱腔，在心中对她赞叹不已。

这一年，孟小冬十八岁，梅兰芳三十一岁。

有缘的人，自有命运的安排，在他们相遇以后的不多日子里，冯公度母亲八十大寿堂会上，有人邀请梅、孟合演一出《四郎探母》，他们在戏中饰演了阴阳颠倒的夫妻对手戏，一个是温柔大方的铁镜公主，一个是威武刚强的杨延辉，台上颠倒鸾凤的表演引起了台下的轰动。

一个是须生之皇，一个是旦角之王，一场戏演下来，默契不知道在什么时候，已经种在了心里。

后来，他们又出演了《游龙戏凤》，孟小冬饰微服私访的正德皇帝，长眉入鬓，愈发英俊，梅兰芳则饰演娇憨俏媚的李凤姐。两人台上眉目传情，互诉衷肠，四目相对，芳心暗许。

看着台上的二人琴瑟和鸣，戏迷们按捺不住了，纷纷想撮合这两位才子佳人：

"这真是天生的一对儿。谁能成人之美，亦生平一乐。何不把他们凑成段美满婚姻，真是一曲人间佳话。"

孟小冬那时正是二八年华，少女情怀，又听人家这样说，怎么能不动心呢？

可是，此时的梅兰芳已有两房妻室，原配王明华常年卧病，怕肺病传染丈夫早已独自去天津治疗；二房福芝芳在北京梅府料理家务，很少随梅兰芳外出。

孟小冬陷入了煎熬之中，她想嫁给梅兰芳，但是，嫁过去，是做妾，如果不嫁，此生遗憾！多少个无眠的夜晚之后，她在心里对自己说：嫁了吧！就嫁那个让她日夜所思的男人吧！她一再劝说自己，即使做妾，也是跟心爱的男人在一起，不要后悔……

《北洋画报》最早刊登出梅、王婚事大白之前，孟小冬随梅兰芳在香港船上远眺小影，堪证惘人隐情

对于孟小冬当时的名声与容貌，有人曾评价说：把几十个以美貌著称的坤伶与孟小冬相比，"无一能及孟小冬"。这样一个聪慧过人、才貌双全的女人，甘愿嫁给一个比自己大很多岁的男人，而且还是做妾，那是有多爱多委屈呢？

婚前三个月，梅兰芳带着孟小冬去天津见了王明华夫人，王明华接受了她。但梅兰芳的二夫人福之芳并不同意这门婚事，她拒绝见孟小冬。

1926年8月28日，《北洋画报》上一个署名叫"傲翁"的人发表文章说："孟小冬听从记者意见，决定嫁，新郎不是阔老，也不是督军省长之类，而是梅兰芳。"

他们的婚礼并没有在梅府举办，而是在一个叫"缀玉轩"的地方举行，婚礼非常简单，她不是被花轿抬入的新娘。

在"缀玉轩"里，孟小冬深居简出，

两人举案齐眉，恩爱好一阵子。

有一天，他们闲来无事，梅兰芳用手往墙壁上投影作动物造型，小冬看见一贯儒雅持重的梅兰芳如此好玩，就笑着问他：

"你在那里做什么啊？"

梅兰芳答道：

"我在这里作鹅影呢。"

问答之间，一位摄影师将两位的身影拍进了黑匣子里，那成了他们非常珍贵的合影。

梅兰芳的朋友齐如山的儿子齐香曾在晚年回忆孟小冬说：

"平时我看她并不过分打扮，衣服式样平常，颜色素雅，身材瘦窄，态度庄重。有时候她低头看书画，别人招呼她一声，她一抬头，那只眼睛光彩照人，如今60年过去了，她那天生丽质和奕奕神采，就在眼前。"

当时京城里，一位富家子弟王惟琛一直单恋这样聪颖美丽的孟小冬，愁苦之际，听说梅、孟结婚，他大受刺激，举枪来到梅家挑衅，混乱中，把正在"缀玉轩"做客的《大陆晚报》的经理张汉举打死，自己也被赶来的军警击毙。

　　两位名伶，本来就是舆论界乐于炒作的事情，再加上一条命案，一时间，梅、孟之恋更是被闹得沸沸扬扬。甜蜜的婚姻被突如其来的血腥命案和满天飞的绯闻打乱，梅兰芳感到了巨大的压力，对孟小冬也不像以前亲密。

　　孟小冬心如绞痛，本是伶人是非多，但是，受到惊吓的她非但没有得到丈夫的安慰，反遭到他的冷落。心中怎能不苦闷？

　　接着，就发生了吊孝风波。

　　梅兰芳的母亲去世了，按照规矩，小冬作为梅兰芳的妾室，嫁给他四年了，应该披麻戴孝为婆婆守灵。所以，她削了短发，戴了白花，来到梅府。

但身为梅兰芳妾室却从未踏进过梅府的小冬刚到门口就被管家喊了一声"孟小姐",被拦在门外。

福二夫人,要比孟小冬厉害,她比她更懂得"身份"的作用,也比她更懂得驾驭男人。

孟小冬在香港的弟子蔡国蘅回忆说:"因为她穿上孝服,进了门,就算是他梅家的人了,但梅家人不认,不让她进门。"

更大的打击是,"就连梅先生也不让她进门,说你回去吧,你回去"。

梅兰芳有着所有男人面对这一状况的自私与懦弱。

孟小冬愣住了,她伫立片刻,流着眼泪,离开了梅府。

回到家里,她心灰意冷,立意诀别。

那个晚上,下着大雨,梅兰芳站在院子里,面对窗户后面的孟小冬诉说过往,而她就在门内流泪。

他站了一夜,雨下了一夜。

那扇门再也没有为他打开。

梅兰芳最终怅然离去。

数十年的时光过去了,我们只能去想象那夜的对白。

对一个被他伤透了心的女人,他说些什么能弥补呢?

从此恩断义绝。

很快，性格骄傲刚烈的孟小冬在《大公报》第1版连登三日的启事：

"冬当时年岁幼稚，世故不熟，一切皆听介绍人主持。名定兼祧，尽人皆知。乃兰芳含糊其事，于其母去世之日，不能实践前言，致名分顿失保障，毅然与兰芳脱离家庭关系。是我负人？抑或负我？世间自有公论，不待冬之赘言。"

离婚以后，孟小冬所留下的照片，就很少有笑的时候，大多都是淡然、冷漠、神秘的表情。

但她的侄子孟俊泉却还记得：孟小冬很喜欢他姐姐，有一天，孟小冬让小姑娘和她一起玩耍，玩着，玩着，她突然悲从中来，拿出手绢捂着脸大哭。

过了一段时间，她仍然难以走出过去，所以就一度皈依佛门。

孟小冬对一个朋友说："以后要么再不嫁人，若是再嫁，定要嫁一个跺地乱颤的。"

1933年，《北洋画报》刊登的孟小冬与梅兰芳分手后重返舞台之前的影像

孟小冬的《搜孤救孤》舞台剧照

她开始钻研戏剧，终于夙愿得偿。

1938 年，孟小冬拜余叔岩为师，成为他的关门弟子，也是他唯一的女弟子。

她从头开始研习戏曲。一个眉眼，一个手势，一个唱腔，她都臻于完美。

孟小冬再度复出，数十年的积累，让她的唱功炉火纯青，天津一家报馆的总编辑沙大风给她取了一个响亮的名字，叫"冬皇"。他认为谭鑫培、梅兰芳都算是伶界大王，但孟小冬还要超过他们，所以，"冬皇"她当之无愧！

1947 年，威震上海滩的杜月笙过六十大寿，在上海中国大戏院邀集包括梅兰芳在内的南北名角演戏。

他专门请了孟小冬，连演两场《搜孤救孤》。

一时间，上海滩万人空巷，有人甚至专乘飞机来看她，买不上票的人都在家里守着听收音机。

看完了戏，观众还不舍得走，他们想看她谢幕，想看卸了戏装的孟小冬。

但孟小冬从来不谢幕。

观众不停鼓掌，就是不走。

无奈之下，杜月笙亲自去了后台找她，才让孟小冬出来谢了一次幕。

她向观众鞠躬，仍然是冷漠淡然的表情。

这次谢幕，是她与舞台的永别，这出《搜孤救孤》成为她的绝唱。

从此，孟小冬再也没有登台演出过。

梅兰芳的管家后来说，那次孟小冬演了两场《搜孤救孤》，梅兰芳在家听了两次电台转播……

那场演出之后，孟小冬入住了杜家，陪伴杜月笙度过了他最后的岁月。

经过世事的冲刷，对许多事她已淡然。盛名她已有，财富何须多？她是女人，最需要的，是一个归宿。

杜月笙待她很好，他懂她，给她一个男人的关心和呵护。她也不确定自己是否爱他，但她想伴他终老，这是真的，就这么简单。

《四郎探母·坐宫》饰杨延辉　《空城计》饰诸葛亮　《盗宗卷》饰区笠　《珠帘》饰杨继业

1949 年，孟小冬随杜月笙去了香港。

1950 年，杜月笙一度想移居法国，有一天，他请来办护照的人，在家里统计需要办多少张护照，孟小冬当着客人的面淡淡地说："我跟着去，算丫头呢还是算女朋友呢？"

一句话提醒了梦中人，杜月笙当即决定，要同孟小冬补办婚礼。

但是这个决定，遭到了杜月笙家人的反对。

原来，这个时候的杜月笙已经病得很重，大多数时间都在床上度过，就是吃一碗面，都要别人送到床头来。

并且，他们家的经济已不如当年，她在他家，已经生活了几年，何必破费办这样"喜酒"呢？

然而，不管再多人的阻止，杜月笙还是坚持己见，在家里办了酒席，挣扎着起来做了六十三岁的新郎，而孟小冬做了 42 岁的新娘。

他让儿女们向孟小冬磕头，叫她一声"妈咪"。

婚后一年，杜月笙就辞世了。

他生前千金散尽，死后并无多少财产留给孟小冬。

孟小冬失去了一个——在她一生中，最欣赏她，尊重他，爱护她，庇护她的男人。

無為老人　賜存

孟小冬謹贈

她开始了在香港 16 年的独居生活，潜心钻研戏剧，教授弟子。后来，因为很多亲友劝说她去台湾，她又辗转去台湾定居。

　　若干年以后，梅兰芳去世的消息传来。

　　晚年的孟小冬，在台北的家中供奉着两个牌位，一个是她的老师余叔岩，另一个是梅兰芳的。她每天，会亲自为牌位旁边的花瓶换上清水。

　　当曾经骄傲美丽的女子，变成步履蹒跚的老妇，多少前尘旧事，出现在她风烛残年的脑海？

　　1977 年 5 月，孟小冬因肺气肿和心脏病并发症去世。

孟小冬 (1907—1977)

　　一代名伶，梨园世家出身，人称"冬皇"。当年与梅兰芳的爱情和婚姻轰动京城，后因误会永远地离开了梅兰芳。她一生历经坎坷，在杜月笙的暮年嫁给他。1977 年，她因肺气肿和心脏病并发症去世。

邓丽君

人生几何，
能够得到知己

这是一个残酷的现实——
有的人，可能真的会终其一生，
都不能找到一个真正疼惜自己
的人。

　　还有什么话能比这一句更能形容一个
歌星的大红大紫——"有中国人的地方，
就有邓丽君。"

　　她红的时候，我还很小。
　　我的父亲教会我唱《小城故事》。
　　"小城故事多，充满喜和乐。"
　　我很快就学会了唱它，并且再也忘不
了。

后来才知道，小城，唱的是泰国北方的清迈，那个被叫作"北方玫瑰"的地方，有古老的庙宇和街道，绿树成荫，民风淳朴。

那里，也是邓丽君生命里最后落脚的地方。

她的原名叫：邓丽筠，意思是"美丽的竹子"。

每一次看到邓丽君的照片，都会由衷的感叹，那个时代的女人，真是从内到外的美呀！她俏丽的短发，连衣裙，似乎穿到现在，也不会过时。

也是因为她，才觉得，女人有一张娃娃脸，其实也不错。

她的娃娃脸，永远挂着真且纯的微笑，亲切又迷人。

邓丽君的歌，有她自己的唱法，温柔动听，百转千回，很多人模仿，但很难有人真正唱得像她。

她的歌，几多温柔，几多甜蜜，几多关心，几多友谊。

难怪在那个口号和革命歌曲盛行的年代，不知道有多少人在家，偷偷地听这美妙的"靡靡之音"。

这个声音，对于我们父辈那个年龄的人来说，它是永远的，唯一的。

但是，很多人并不知道，邓丽君的歌唱得好，不是因为天赋，而是努力的结果。

她9岁就患有哮喘病，本是不适合唱歌的。

但她喜欢唱。

所以，她要唱，就要付出比别人更多的努力和代价。

"她有一种劲头，锲而不舍，如果要学一样东西，下定了决心，就一定要学会。不管风吹雨打，都不能阻止。"

——邓丽君的母亲说

少年时代的邓丽君，每天七小时的苦学练唱，唱到喉咙充血，有超强的耐力和毅力。

13岁，邓丽君开始外出唱歌挣钱。因为还是个学生，出去唱歌惹怒了校长，她被学校除名了。

因为从小就出来跑歌厅，见过生活百态，也吃过很多苦，所以，她很有修养，待人体贴周全，很会照顾朋友。多年以前见过一面的人，几年后再见面，她还能记得别人的名字。她的朋友说，从没看见过她发火，也没有听她大嗓门说话。

很多年来，她承受所有谣言和压力，一笑置之。

早年的邓丽君一直在努力奋斗，奔波忙碌。

后来，她大红大紫，但仍然保持着好脾气。上台很听幕后人员的话，别人怎么说就怎么做。电视访谈，也不需要事先交代什么能说什么不能说。问就答，什么都答得起，玩笑也开得起。

她还不喜欢应酬，不管是什么类型的演出，唱完就走。

即便已经成名，她仍然保持着对镜子说话的习惯，自言自语，目的是看自己的嘴型，为了唱得更好。

她不爱化妆，不戴首饰。出门也不带助理，坐出租车，东西都自己拿着。

她经常对朋友说的一句话是：

什么都有了，就等于什么都没有。

这个曾经红透半边天的女人，情路却很坎坷。

有的人，可能真的

会终其一生，都不能找不到一个真正疼惜自己的人。

姻缘这件事情，似乎真的和名声和贫富没有关系。

人生，就是这样无法美满。

豆蔻年华，追她的人不少。她喜欢上一位师兄，他叫朱坚。

朱坚去俱乐部听她唱歌，鼓励她去应聘电视台的主持人，还推荐了一首老歌给她翻唱。这首歌叫《我一见你就笑》，邓丽君翻唱之后，它才真正红透大街小巷。

有人来找邓丽君拍电视剧，要她转型做演员。邓丽君也动了心，但朱坚告诉他：你应该继续唱歌。邓丽君听了他的。

1970 年，朱坚送了邓丽君一枚戒指。

她不明所以。

她说想去香港发展。

他还是一如既往地支持。

《台湾歌星邓丽君首次掀起歌潮,万人拥塞街头一瞻歌星风采》《首次来港就赢得好声誉,邓小姐占尽歌坛风光》……她在香港大受欢迎。

他在台湾看到了报纸。

1972年1月,邓丽君在香港获得十大最受欢迎的歌星奖。

7月2日,朱坚发电报给邓丽君,说他第二天乘飞机去香港看她。

7月3日,一架飞往香港的飞机失事。

朱坚遇难。

邓丽君听到了这个消息,痛不欲生,连续一个星期没有踏出房间一步,也没有发出一点声音。

他永远地失约了。

她一生都好好保存着他送她的戒指。

1973年,邓丽君在马来西亚吉隆坡连办四十五场演出。

她吃惊地发现,每天,前三排的贵宾席位,都被一个人包下了。

这个人,叫林振发。

那时候,她还不到二十岁,被一个人如此追捧,难免不被打动。

林振发比她大八岁,是马来西亚有名的商人。

林振发有大男子的气概,几乎是不由分说地要与她恋爱。

她心里漫漫泛起波澜,然后温柔顺从。

有一度,媒体都已经报道,说他们要结婚了。

但是,她后来去日本发展,聚少离多。

结婚的事,渐渐被搁置了。

那时候还年轻，觉得结婚这种事，早晚都可以，不用着急。

风光无限的时候，最容易忘记和忽略生命的无常。

直到有事发生！

几年后，林振发因为心脏病逝世。

邓丽君当时在台湾开演唱会，听到这个消息，她还不得不继续唱完她的歌。

当她流着眼泪，听歌的人以为她过于投入，却不知，又一个爱她的人，离开了她。

等她赶到的时候，他已下葬。

她哭晕在墓碑前。

林振发去世以后，邓丽君决定离开香港，去美国学习。

在洛杉矶，她认识了成龙。

他们有过短暂的恋情。

但成龙始终不敢对外承认他们的关系。

后来，这段感情无疾而终。

成龙很多年以后说，他们分开的原因，是"她过于完美"。

这种说法，我不知道后来有没有传到她耳朵里！

希望没有吧！

这样的理由，有多伤一个女人的心？

"她温柔、聪明、幽默又美丽，她对服装和美食的鉴赏力令人羡慕。她懂得在什么场合穿什么衣服、用什么饰品……说实话，我

配不上她，或至少当时的我配不上她。她是高雅的，我却还是一个没有教化的粗鲁男孩，一心想做真正的男子汉，但说话没有分寸，莽莽撞撞，能走路时却要跑。她总是穿着得体，我却穿着短裤和T恤就上街。她对别人礼貌周全，我却常常不屑一顾，当着饭店经理和服务员的面，把脚放在桌子上……"

——成龙

1980 年，邓丽君回到香港。

久别归来，她的演唱会盛况空前。

1981 年，有人介绍她认识了郭孔丞。他是马来西亚糖王的儿子。

这个人很温和，给邓丽君印象很深。

他彬彬有礼，对她的照顾无微不至。

他们恋爱之后，他带她回马来西亚。

郭家的用人纷纷上来请她签名。

这让郭孔丞的祖母非常不高兴。

但这一次，她是如此地接近了婚姻。

他们真心相爱。郭孔丞已经对外宣布了婚期，邓丽君也躲着媒体选定了婚纱。

她不止一次给闺蜜打电话，诉说待嫁的幸福。

但是郭家的祖母却干扰了婚事。原因是觉得"门不当户不对"，"郭家不容歌女为媳"。

后来，经过郭孔丞的苦口劝说。祖母终于同意了。但是，祖母有三个苛刻的要求，1.要求邓丽君把"过去"交代清楚；2.要她退出娱乐圈；3.断绝和娱乐圈的朋友的往来。

　　邓丽君无法接受这样的条件，只能分手。如此豪门，不嫁也罢。

　　从此她心灰意冷。

　　后来仍不乏对她疯狂追求的人，但即便有恋情发生，也不过是昙花一现。

　　关于结婚，她"早已断念"。

　　"也许是这些年东飘西荡的日子过惯了，个性也变得比较自私，没有办法完全配合另一个人的习惯了。总觉得婚姻生活好像离我很遥远似的。"

——邓丽君

她的事业，也不是永远风光的。

1983 年，邓丽君在香港开了"从艺 15 年"的演唱会。

她做了新的尝试，从美国请了新的乐队和伴舞，还定做了风格迥异的演出服装。

但是，演出效果事与愿违。

有报纸用大标题刊出——《何必突破》！

这件事让邓丽君受到打击。她决定再次出走。

在泰国清迈住过一段时间以后，她去了巴黎。

1990 年，邓丽君在巴黎遇见了比她小 12 岁的摄影师保罗。

保罗身高一米八，一头金发，刚开始，他不知道她是华人世界鼎鼎大名的歌星，这也是邓丽君喜欢他的地方。

她可以和他自由自在地走在巴黎的街头。

他比她小，有些孩子气，她很照顾他。

他喜欢摄影，她掏出 200 万给他买昂贵的相机。

吃饭的时候，她付账，用悄悄地把钱从桌下塞给他的方式。

她爱干净，一天洗三次澡，他也跟着她养成了这样的习惯。

但是，她从不在外界承认他们的关系。

　　有一年，她带着他回台湾开演唱会，他跟在她身边，有记者问起，她说，他是她的"发型设计师"。保罗似乎对这种回答也不介意。可能在她心里，他并不是那个可以结婚的人吧！

　　邓丽君的家人也很不喜欢保罗，他们称他为："那个法国人。"

　　又过了一段时间，已经看透人生的邓丽君，选择淡出。

　　她和保罗暂时分开，她再次去了清迈，深居简出，想过一点简单的生活。

　　在清迈，她明显疲倦了，也胖了很多。很多人猜测她是因为失恋而暴饮暴食，但其实有隐情，她因为有哮喘病，一直在吃药，导致水肿发胖。

她一个人孤独地住在清迈。

1995 年 5 月 8 日，邓丽君哮喘病发作，她跑出清迈梅平酒店 1502 号房间求救，然后晕倒在电梯口。

等有人发现，已经晚了。

四十二岁，孤独离世。那天也正好是她父亲的忌日。

发病时，她的身边没有人，她最后嘴里一直呼喊的人，是"妈妈"。

邓丽君去世以后，保罗短暂地出现在灵堂就不见了。

她死后的三年，保罗都住在他们曾住过的地方。有记者来采访他，他就扔石头去打。邓丽君的家人去看他，他也不愿意见。

后来，保罗不知去向。

邓丽君

1953.1.29—1995.5.8

台湾歌星，歌声甜美动人，唱片销量超过四千八百万张，美国《时代周刊》评选的世界七大女歌星之一。

我只在乎你

如果没有遇见你
我将会是在哪里
日子过得怎么样
人生是否要珍惜

也许认识某一人
过着平凡的日子
不知道会不会
也有爱情甜如蜜

任时光匆匆流去
我只在乎你
心甘情愿感染你的气息
人生几何能够得到知己
失去生命的力量也不可惜
所以我求求你别让我离开你
除了你我不能感到
一丝丝情意

如果有那么一天
你说即将要离去
我会迷失我自己
走入无边人海里

不要什么诺言
只要天天在一起
我不能只依靠
片片回忆活下去

任时光匆匆流去
我只在乎你
心甘情愿感染你的气息
人生几何能够得到知己
失去生命的力量也不可惜
所以我求求你别让我离开你
除了你我不能感到一丝丝情意

任时光匆匆流去
我只在乎你
心甘情愿感染你的气息
人生几何能够得到知己
失去生命的力量也不可惜
所以我求求你别让我离开你
除了你我不能感到一丝丝情意

甜蜜蜜

甜蜜蜜你笑得甜蜜蜜
好像花儿开在春风里
开在春风里

在哪里在哪里见过你
你的笑容这样熟悉
我一时想不起

啊，在梦里

梦里梦里见过你
甜蜜笑得多甜蜜
是你，是你，梦见的就是你

在哪里在哪里见过你
你的笑容这样熟悉
我一时想不起

啊，在梦里

萨冈

你好，忧愁

没有人真正关心我的作品，他们只是好奇我的生活。

——弗朗索瓦丝·萨冈

1953年6月，十八岁的法国少女萨冈对和她一样会考失败的中学同学说："今年夏天，我要写一本书，用它赚很多钱，然后去买一辆雪豹。"

第二天，她就开始每天去咖啡馆写作。

七个星期以后，她写出了《你好，忧愁》。

一年之后，这本书出版。

"忧愁，你刻写在天花板的缝隙里，你刻写在我的眼睛里，你并非就是悲苦，因为最穷困的嘴唇也会把你显露……"

——《你好，忧愁》

小说的女主角是一个十七岁的女孩，叛逆，任性，她和同样浪荡性格的父亲过着不安定的生活。有一天，父亲带回来一个循规蹈矩的好女人，她设计和破坏了父亲和女友的关系，导致父亲女友自杀了。这个年轻的女孩，本来可以过上另一种生活，但是，她被自己打断了。只能继续燃烧青春，继续浪荡度日，别无选择。

这本书让萨冈成了法国最年轻的畅销书作家，它被翻译成二十二种语言。全球销量高达五百万册。

萨冈一下子获得了五百万的版税。

她马上买了一辆雪豹。

然后，她拿着钱上了赌场，在赌场赢了 800 万。

一下子得了这么多的钱，她打电话给父亲，问该怎么花。

她的父亲告诉她：在你这个年纪，最好的选择就是把它们都花掉！

十九岁的萨冈，短短一头金发，光着脚开车，手里夹着香烟，"品尝着混杂于人群中的快乐，饮酒的快乐"，开始过上放浪形骸的生活。

写作还在继续。

《你好，忧愁》之后，她又出版了《某种微笑》《一年后、一月后》《你喜欢勃拉姆斯吗……》等作品。

这些书又让她获得了天价的版税。

成名以后，她成了法国总统的座上宾。即使是见总统的时候，她也可能穿着挽上裤腿的牛仔裤，一支接一支地抽着烟。

有时候，总统也会去她家里做客。但如果遇到她心情不好，她会拒绝给总统开门。密特朗总统就曾经吃过她的闭门羹。

她继续这样任性，独断专行，激烈的生活。因为酗酒和超速驾驶屡屡登上报纸。速速地结婚，又速速地离婚。再结，再离。

第一次婚姻，对方是比她大 20 岁的出版商，她在离婚后心碎地体会到：

"人只有千分之一的机会获得幸福的婚姻。"

第二次婚姻，她生下儿子后，很快分手。但她居然在离婚以后，

继续与前夫和他的情人共同生活了好几年。

关于爱情，她一直说，那是一种"病态的迷醉"。她说，自己爱一个男人只能持续三到四年，绝不会长久。

唯一能带给她持久快乐的，就是金钱和飙车：

> "我的大部分快乐都归功于金钱，坐车快速兜风的快乐，买件新连衣裙的快乐，买唱片、书和花的快乐。"

她挥金如土，但从不羞愧。

她的一生，从没有放弃过对速度的迷恋。

> 速度能拉平沿路的梧桐树，
> 拉长、扭曲加油站的霓虹灯光，
> 能消除轮胎摩擦地面的尖叫声；
> 速度也能摘掉罩在我头上的抑郁；
> 时速达到200公里时，
> 人们对爱情的疯狂程度，随之减弱。
>
> ——萨冈

1980 年，四十三岁的萨冈在《自私自利者报》上发表了给哲学家萨特的情书。

　　这之前，她从未见过萨特。

　　情书的开头是这样的：

　　"亲爱的先生，称呼您为'亲爱的'时，我想到了字典里，对这个词语幼稚的解释……"

　　那个时候，萨特已经失明了。

　　他收到了这封"幼稚"的情书，并且与萨冈见了面。

　　从那以后，他们经常在一起。

　　萨冈开车去找萨特。在他的楼下，看着他穿着风衣，拿着呢帽从大厅里慢慢走出来。

　　他们并肩前行，去吃饭，去咖啡馆聊天，去她的住处喝茶。或者，就是她开着车，载着他，一路狂飙，任头发被风吹乱。

萨特说，我已经老了，瞎了，看不见你给我写的情书了。

萨冈就用了几个小时，对着录音机，录下了她的情书。

在磁带上，她贴上一块橡皮膏。这样，萨特摸到橡皮膏，就知道，这是她送他的情书。

一个七十三岁的男人，和一个四十三岁的女人，谁也说不清楚这是一种什么样的感情。

"一起欢笑，一起承受这种作为被抛弃者、被排斥和蔑视者、象征和废弃物的生活"已足够单纯，足够美好。

——萨冈

"我们聊着天，就像是两个在站台上相遇的旅人，不知道今生是否还会相见。"

——萨特

113

一年以后，萨特就去世了。

萨特去世以后，萨冈伤心地写道：

"我永远无法平静地对待他的离世。该怎么办？该怎么想？只有这个死去的人能够告诉我，也只有他能够让我信任。萨特出生于1905 年 6 月 21 日，我出生于 1935 年 6 月 21 日，我不认为——我也不愿意——我可以没有他而独自在这个星球上再度过三十年。"

我喜欢萨冈，并不是因为喜欢她的作品，可能更多的是喜欢她身上那种说不清道不明的倔强，不管在什么年龄，不管什么际遇，她始终忠于自己，毫不顾忌别人的看法，坚持自己的生活态度。

即便老了，她也没有任何改变。

她曾说想毫不掩饰地度过疯狂的一生，她确实也这么做了。

她老了，已经不再是当年那个"迷人的小魔鬼"。

不再年轻气盛。

不再活力四射。

六十岁时，她因为转让和吸食可卡因被判处缓刑一年监禁。

六十七岁，因为偷税又被判刑一年。

还因为超速驾驶被抓。可她仍然对拘捕她的警察宣称：我有权利按照自己的方式来毁灭自己。

2004 年，萨冈突然因为肺病去世，很仓促地结束了六十九年迷醉、放纵、危险的人生。

早早成名，一生挥霍，死后负债累累。

在临终前，她甚至拒绝见儿子一面。

也许在弥留之际，她的一生会像电影一样回放在她的面前：

九岁的时候，如何穿着小裙子，被父亲教会了开车。

《你好，忧愁》海报

十五岁，在地下室里叼着烟跳舞。

一辆又一辆的名贵跑车，在喝下几倍威士忌之后的突然提速。那种"能压平路边的无痛和弄乱忧伤情绪的速度"。

然后以一百六十迈的速度翻车，车毁成碎块，人差点丧命。

然后，邀请三十个人到圣特洛佩度假，一直持续五年。吸毒酗酒，纵情欢乐。

还有，老年的寄人篱下，债台高筑。被迫签下需要用今后的版税偿还，需要到 2031 年才能还清的债务。

这一切，都结束了。

她早已给自己写好了墓志铭：

"1954 年，萨冈写出一本很薄的小说《你好，忧愁》，在经历了令人愉快而又草率的一生和一系列作品后，她的消失只是一个对她自己而言的丑闻。"

弗朗索瓦丝·萨冈

法国作家，十八岁凭借《你好，忧愁》一举成名。
获得法国文学"批评奖"。
一生创作了三十多部小说，十部剧本。
她独断专行，放荡不羁。被称为"迷人的小魔鬼"。

萨冈的句子：

·这种从未有过的感觉，以烦恼而又甘甜的滋味在我心头萦绕，对于它，我犹豫不决，不知道，给它"忧愁"这个庄重而优美的名字是否合适？

·我忘却了死亡的时间，忘却了生命的短暂，忘却了世间美好的感情。我考虑着，要过一种卑鄙无耻的生活，这是我的理想。

·我从不把活着和对生活的期待混为一谈。我对生命无所期待。我没有预先想过要什么。生活本身就够激动人心的了。

·爱情是一场孤独的历险。

·当人们恢复平静的时候就不会记得曾经渴望过；当人们已经得到的时候就不会记得曾经追寻过。人们会记得自己是一个孤独的心不在焉的猎物，曾经被另一个人追踪而后捕获。人们不会记得自己也曾充当过猎人的角色。人们也不会记得，如果把爱情比作狩猎，那么猎物和猎人之间的关系总有那么一刻会发生转变，而且对于双方来说，这都是一种极大的快乐。

·没有理想的男人。 理想的男人是你此时此刻所爱的男人。

·爱情，就是信任。 基于嫉妒的爱情是要命的爱情，因为会卷入战斗、争执……我赞成完全信任的爱情。如果被爱情欺骗了，那就应该自认倒霉。

·我希望可以去爱，甚至受苦，甚至在接电话的时候激动得发抖……一个女人在敲键盘，因为她害怕她自己，还有打字机，还有清晨，还有夜晚，等等。一切就是这样。而这个"一切"很可怕。

·没有写作，我只能拙劣地生活。 没有生活，我只能拙劣地写作。

·生活给了我想要的东西， 同时又让我认识到那没什么意义。

翁美玲

如果你重返我们中间，整
个世界将变成天堂！

"人人都觉得我应该满足，应该
快乐，对吗？但如果我告诉你，我
根本一无所有、一事无成时，你相
信我的话吗？"

——翁美玲接受记者采访时说

2006 年的 5 月，我在英国剑桥游学，有一个星期六的早晨，我早早就起来，洗漱完毕，背包外出，隔壁的意大利女孩问我要去哪里，我说去剑桥郊外的一个天主教公墓，她惊讶地问你去那里做什么？我说，我去看一个"HongKong film star"，她曾是一个美丽的女孩，死的时候只有二十六岁，她是自杀的。

剑桥的 Central cemetery，在距离市中心五公里的地方。因为是星期六，公共汽车上的人非常少，我坐在双层巴士的上层，看着窗外不断向后退的大片的绿色草地和树，掐指一算，她离开这个世界，已经二十一年了。

车到了 Newmarket Road 站，我拿着地图下来了，这块中央墓地很大很大，很担心找不到。

这时，一位守墓人过来了，他看我是亚洲面孔，拿着一枝白色的马蹄莲，就问我是不是来看 Barbara？

我有点迷茫：Barbara？

他笑了，改口用非常标准的发音说：meiling？

我点点头说是！

守墓人带我往里走，那一路，穿过了很多很多的墓碑，我心里

想，她在这里，应该也不孤独吧。

拐一个弯，我就看见了一个心形的白色墓碑，上面贴着翁美玲的黑白照片，还是那样灵动俏皮的笑容。两个白色的天使守护在墓碑的旁边，墓前，有很多花，有的已经干枯，有一瓶白色的玫瑰，还带着露珠，一定有一个人，刚来看过她。我想，他一定是一个中国人。

1985 年 5 月 16 日。

香港公众殓房。

翁美玲的母亲在痛哭。

她深爱的男人汤镇业，呆若木鸡。悲伤、惊讶、悔恨。没人愿意相信，红颜凋零，眼前的她，已经冰冷。

翁美玲的父亲是个海关官员，她的母亲没有名分，确切地说，她是个私生女。

在翁美玲的身份档案里，她的籍贯一栏填写的是安徽，那是她母亲的籍贯，她不知道父亲的籍贯。

翁美玲的父亲非常疼爱这个有一双大眼睛，一笑就露出两颗兔仔牙的女儿。他叫她囡囡，将她们母女安置在山顶的别墅，请用人照顾她们，让她上最著名的英文学校……可是，在她七岁时，父亲去世了。

翁美玲的舅父陈景回忆说："她七岁时，她的亲生父亲逝世，当时，他死不闭眼；我对着他的遗体说：你安息吧，囡囡及家姐（翁母）我会尽一切能力帮助她们的，囡囡我一定要供她上大学，让她出人头地。我说完这些话之后，她亲生父亲终于闭眼了。"

翁美玲是幸运的，有一个好舅父，陈景将她视作亲生女儿。舅父是一个有绘画才能的画家，影响了年少的翁美玲对美术也有了兴趣。她念大学，学的是时装设计，多少受了舅父的影响。她曾在采访中透露："读纺织也是舅舅影响。他是学油画的，他说我有艺术天赋，所以鼓励我向自己的兴趣发展。"

　　翁美玲进入演艺圈，也是受舅父的提醒，如果不是这样，翁美玲可能就是一位普通的制衣厂的服装设计师。

　　但如果是那样，没准她今天还活着，已经儿孙满堂。

　　很难说，这两种选择，哪一种好呢？

　　父亲去世了，母亲又得不到丈夫家人的接纳，分不到一分遗产，她和母亲的生活开始十分艰难。

　　后来，母亲与继父廖锦棠结婚并移民到了英国。翁母把当时只有十一岁的女儿暂时留交舅父看管，自己去英国做生意。

　　翁美玲十五岁时，舅父把她送到英国。

　　翁美玲去英国生活了八年。她一边念书，一边在母亲开的中餐馆帮忙，大家都很忙碌，缺乏爱和安全感的童年经历，让翁美玲从小就成熟坚强，同时又很倔强，敏感多疑。她早已经习惯了自己照顾自己。

　　翁美玲中学毕业后，先后进了剑桥大学和英国中央艺术学院，学习服装布料设计。

1982年，翁美玲再次回到香港，那时候，很多亲戚和朋友都移居到了海外，她非常孤独，生活也很苦闷。

翁美玲的舅父劝她参加当年的香港小姐选美。

她去拍了一张照片，前去报名，那张照片上，她头发黝黑蓬松，青春逼人。这张照片，就是后来被嵌进白色心形墓碑里的那张。

没想到，她在数千人中脱颖而出，闯入了前十五名。

"无线"看中了这个活泼可爱的女孩，找她签了一份两年的合约。让她做"妇女新姿"节目的"小主持"。

后来，无线电视台又让她参演了电视剧《十三妹》。正是因为这部剧，改变了她的一生，她在剧组里认识并爱上了汤镇业——她生命中的劫数。

汤镇业长得好，十分会照顾女孩子，因此，新入行，又童年缺少关怀的翁美玲自然十分愿意和他亲近。

后来翁美玲在《射雕英雄传》试镜顺利，拍摄期间，她不慎在拍武打镜头时伤了眼，汤镇业天天煲汤去医院陪她，居然让她学会了煲汤。

乐莫乐兮新相知。我想，这是在翁美玲有限的生命里，最甜蜜的时光了吧。

确定与汤镇业的情侣关系的同时，也是《射雕英雄传》播映的时候，翁美玲把俏皮娇蛮的黄蓉演活了，她一炮而红，让香港影坛感到惊喜。

当时，汤镇业也正事业得意，他们一下被绯闻所纠缠。

由于要在不同的剧组演戏，他们自然聚少离多，恋人之间，难免互相猜忌、互相折磨、争吵……似乎所有恋人都会经历这样的事件：如果你去跟女性朋友玩了，那我就找个男性朋友出去跳舞！如果你今天晚上不回来，那我也不回去……不断地生气，又消气，生气，又消气……

汤镇业从来不迁就她，她永远是输的那一方。因为男人不在乎。

但是她是单纯的，爱一个人就想要一个结果，用情太深的表现，就是把他那些不好的统统选择视而不见，所以，她竟然向他提出结

婚。

年轻的男人自然是怕结婚的，更何况是汤镇业这样的男人，他拒绝了她，理由简单常见："现在是发展事业的时候……"

翁美玲是脆弱的，她对拒绝采取的对应，就是更多地在夜店和赌场流连，以期暂时遗忘这些不愉快。

有一年，翁美玲的圈中好友夏淑玲因失恋自杀，有记者去问翁美玲怎么看。

翁美玲说：

"我绝对不会为情自杀，那么蠢，失恋是浪费光阴和精神的事，值得为一个已经不爱你的人牺牲吗？反正我知道自己没勇气自杀。"

说完这个话之后没多久，她的事业开始走下坡路。

在事业上她也是有极大压力的。

让她迅速蹿红的角色，也束缚住了她。

《射雕英雄传》之后，她不管再演什么角色，别人都会想到黄蓉。

这个时候，她又偶然听说汤镇业结交了别的女友，在打了好多电话都没有回应之后，她吞下四粒安眠药准备自杀，刚吞下去，就后悔了，于是马上拨电话找医生来帮助。

这样的举动并没有"吓住"汤镇业，他反倒觉得她在无理取闹，更加想离开"麻烦"的她。

不久之后，翁美玲又打开煤气炉，在煤气里沉醉昏迷。但这时，有朋友来拜访，制止了她。

这样的举动，只能让我们更加理解，她其实就是一个普通的女人而已，很多很多女人，在面对流言和男友的疏远的时候，都曾试图用"自杀"来挽回，但这样的举动，不但不能打动他，只能让男人更加害怕，更加逃得远远的……请问，还有比这个更傻的吗？

又或者，她只是对生命灰心了而已。

看看她对记者说的话吧：

"人人都觉得我应该满足，应该快乐，对吗？但如果我告诉你，我根本一无所有、一事无成时，你相信我的话吗？"

灰了心的人，做什么都是被动的。

有人叫她去迪斯科舞厅喝酒跳舞，她就去。

遇到当时已是梅艳芳公开男友的邹世龙，邹世龙对她展开疯狂的追求攻势。

她就答应。

在和邹世龙在迪厅里跳舞的时候，她也会看见汤镇业，他带着新结交的女友从她身边走过，他仿佛并不介意看见她和另一个男人跳舞。

这让她非常失落，经常在片场独自落泪。

接下来，无线计划拍摄《桥王之王》一剧，让翁美玲与汤镇业第一次以情侣身份合作。这本是一个好事，但是在一次媒体见面会

上，记者想拍他们亲密一点的照片，于是叫他们摆造型，做恩爱状。

汤镇业勉为其难，两个人都很僵硬。

拍完之后，汤镇业不等翁美玲，一个人先走了。

翁美玲的心已经不是幽怨了，是绝望。

那个晚上，她又去与邹世龙玩到深夜。

第二天，汤镇业出现在翁美玲家，他收拾了放在她家中的衣物，没有留下一句话，不留一丝痕迹地表明要与翁美玲一刀两断。

这时候，翁美玲接受了媒体的采访，她说：

"我没有兄弟姐妹，生活难免寂寞，也正因为如此，长大后我很需要男朋友的关心，不能没有爱情。"

说这样话的时候，是她离死亡越来越近的时候了。

1985 年 5 月 3 日，她参加了"名人慈善竞技大赛"演出，这是她生前最后一次在电视中露面。

5 月 5 日，她找了一名风水师回家看风水，她竟然开始认为，是房子的风水导致两人关系破裂。这说明，她的内心深处，仍然幻想能与汤镇业重新开始。

5 月 6 日，一家杂志为翁美玲拍了最后一套照片。

5 月 7 日，是她的生日，她一个人独自在家度过。

5 月 10 日晚上，翁美玲又和邹世龙一起去跳舞，邹世龙约她去澳门游玩。

5 月 11 日，翁美玲与邹世龙结伴出现在澳门街头，被记者拍下。

5 月 12 日，翁美玲与邹世龙回到香港，发现报纸上除了有他们两人游澳门的照片，还有汤镇业和另一个女人相伴游玩的照片。

5 月 13 日，有记者来到翁美玲家中采访，问她对昨天那张汤镇业的照片有何感受，翁美玲故作大方，说这没什么。

那个晚上 12 点 50 分，翁美玲独自一人坐车回家，在路上，她打电话给汤镇业，但他没有回复。于是，翁美玲留言说：

"如果你不回我，你将永远听不到我的声音。"

5 月 14 日凌晨，翁美玲打电话给邹世龙，倾诉自己过得十分辛苦，活着没意思。

凌晨 1 时 25 分，邹世龙觉得不放心，赶到翁美玲家楼下探望，但不管怎么叫门，都没有人来开。

这个时候，翁美玲已经在家里，喝下大量的白酒，打开了煤气……

第二天早上7点，邹世龙再次到翁美玲家，依然叫不开门。

他有不好的预感，就从阳台爬进翁美玲家的厨房。

他被眼前的情景惊呆了。

翁美玲身穿粉红色的睡衣，像一只迷茫的蝴蝶，倒在客厅中。她死在了执迷的爱中。

桌面的日历牌上，留着一句话："DARING，I LOVE YOU"。

邹世龙把翁美玲送到医院时，医生放弃了抢救，她在凌晨三四点钟，就已经告别了人间。

对汤镇业来说，那一天是不堪回首的。

"当时是早上，我还在睡觉，听到传呼机疯了似的响，拿来一看，感觉是血一下往上涌。"

他身穿背心、短裤就赶往医院。

他真的"再也听不见她的声音"。

5月19日上午，翁美玲的追悼会。有三百多人前来致祭。

汤镇业写的挽联是："亲爱的美玲，我永远深爱你。"

他手持玫瑰，把它别在翁美玲的发鬓上，还将一把梳子折成两半，一半放在她身边，一半自己留下，这是当地结发夫妻永别的礼节。

即便二十多年过去后的今天，已经是三个孩子爸爸的汤镇业，在被记者问起时，眼眶依然会发红。现在的他，腰粗了，皮肤粗糙了，已有了皱纹。

有人说，遇上汤镇业，是翁美玲的不幸，也有人说，遇上翁美玲，是汤镇业的不幸。

这叫人怎么评说呢？

翁美玲的母亲，最后选择把她的骨灰带回了英国，安葬在她小时候爱去玩耍的天主教堂里，也就是今天的中央公墓。

最让我心酸的，是白发人送黑发人。

最后为她写墓志铭的人，才是

最深爱她的人。

In Loving Memory of Barbara Yung

Born May 7, 1959

Died May 14, 1985

Aged 26

Seek First The Kindom of God

Lonely Is The Home Without you Life To Us Is Not The Same

All The World Would Be Like Heaven If We Could Have you
Back Again

在爱中回忆翁美玲

生于 1959 年 5 月 7 日，逝于 1985 年 5 月 14 日，享年 26 岁。

家里没有了你便成孤寂，我们的生活不再如往昔。

如果你重返我们中间，整个世界将变成天堂！

我离开了墓园，身后那个流泪的小天使，将在今后的许许多多
岁月中，继续守护她。

我又回到了中国，这一晃，又是很多年过去了……

翁美玲

Barbara Yung

　　生于香港，祖籍安徽，20世纪80年代初著名的香港电视艺员，因饰演电视剧《射雕英雄传》中"黄蓉"一角成名。她的去世令她扮演的黄蓉一角成了不可超越的经典，至今仍有影迷在不断追悼她。

香奈儿

一天又一天，
唯一能够支持我前进的力量，
就是你在这个世界上

当她把一件衣服的款式和价值推向极致的时候，可能没有人看得见，她一个人在租住的酒店的角落里，忍受着寂寞。

Chanel，是一个女人的名字。也是一个时装品牌的名字。

这个牌子貌似是属于明星富人的奢侈品，但它的创始人香奈儿却出身贫寒，地位低下，一生中，接连被欺骗，被歧视……

很多年轻的女人在还没有开始工作的时候，就在盼望着退休。而她，是一个活到八十八岁，离世前一晚还在工作的女人。

当有人劝我买房子的时候，说某某某在大学还没毕业就买了房子，月月月供……的时候，我会想到她，一生中，她有三十年的时间选择住在酒店的房间里。因为，人生，真的只是"如寄"。

人生如寄，仅此而已！

她是一个坚忍不拔的女人，特立独行，个性十足，骄傲而充满魅力。可她的感情生活充满令人不解的谜团。她与沙皇长子、公爵、首富以及世界著名的艺术家作家交往。却又在感情中独立而自由，她一生未嫁，最后孤单一个人死在酒店的房间里。

她是 COCO 香奈儿。

1883 年，一个法国的旅行商人，和一个女伴来到法国南部一个山区奥弗涅的时候，生下了一个私生女，她的出身，从一开始就蒙上了一层迷雾。

香奈儿五岁的时候，母亲死于肺结核。她的年轻并热衷于寻欢作乐的父亲决定去美国寻找新的自由，就把女儿留给了伯父。

在她父亲走了以后，香奈儿马上被伯父丢给了当地最大的孤儿院，这个敏感漂亮的小女儿，成了孤儿，在孤儿院中度过了惨淡的童年。

这是成年后的香奈儿最不愿意提起的往事，谁也不知道她在孤儿院里有过什么样的经历，在成名后的采访中，她甚至连自己的出生地都说不清楚，只是说，唯一感谢在孤儿院里面学会了做裁缝。她还说，当她长到十七岁，离开孤儿院的时候，曾发誓：永远不接受任何人的怜悯！

二十岁那年，香奈儿开始在漠林巾针织店当店员。同时，她给自己取了一个艺名叫 COCO，以方便出没酒吧的舞台，靠卖唱增加

收入。

在酒吧里，她听一个酒商说，自己的父亲在美国做起了酒商，就托人打听，但是一无所获。她也就放弃了寻找，从此也再没有听见他的任何下落。

我有时候想，香奈儿的父亲是一个什么样的人呢？他一定英俊、潇洒，有热爱自由的天性，同时又那么心狠。在那几十年的岁月飘荡间，他会不会突然想起被自己遗弃在人世间的女儿？也许他也会有那么突然间的挂念，但转瞬，又被巨大的现实所湮没了吧！

二十几岁的香奈儿，身材小巧，眼睛倔强，身上继承了父亲自由自在的个性。因为没有钱，她穿着很平常，经常就是一件藏青色的上装和白衬衣，但这更让她显得别具一格。她常说："我从不为处境而烦忧，反倒觉得驱散它们是一种乐趣。"

二十五岁时，香奈儿遇到了第一位情人巴桑，一位爱骑马的绅士。

和巴桑一起生活，香奈尔初次尝到爱情的美好。

巴桑非常喜欢香奈儿，可他的母亲却对香奈儿的身份百般挑剔。于是巴桑提出和她永远保持情人

的关系，香奈儿断然拒绝，她选择离开。

1910 年，香奈尔和一位年轻的英国实业家邂逅并相爱。他就是亚瑟。香奈儿曾说，亚瑟是她一生唯一爱上的男人。

也是在这位情人的资助下，她开始了自己的事业。

从修道院的孤儿，到裁缝，到时尚女王，只用了很短的时间。

因为亚瑟经常带香奈儿去赛马场，香奈儿注意到，出没赛马场的贵妇们都喜欢戴帽子，但当时流行的帽子都是别在头上的那种，戴上以后，必须要用帽针才能固定，很不方便。

于是香奈儿设计出一种宽大而简洁的帽子。

她设计出来的硬草帽很快受到朋友们的欢迎。

1910 年，香奈儿在巴黎坎朋街 21 号开了一间女帽店。在签房租的时候，房东提了一个苛刻的要求：因为你的邻居是一位服装设计师，所以，你只能卖帽子，不能做服装！

这个房东一定想不到，来和他签租约的这位弱小的女子，将来会给整个世界的时尚生活带来多么大的影响！而这条坎朋街，会因为她而闻名全世界！

1912 年，巴黎《时装杂志》用一个整版的篇幅刊载了香奈儿的帽子。

这位年轻无名的小女人，一下子在巴黎初露锋芒，引起了时装界的注意。

1913 年，因为巴黎的租金太贵，香奈儿来到法国南部的海滨杜维尔开了第一家时装店。

那个时候，贵妇们还在热衷于穿戴花哨的羽饰、长裙，用夸张的饰品。香奈儿驳斥当时风头正旺的时装设计师博赫说："你设计

的衣服并不是根据女人本身的需求设计的，而是根据你想让她们穿上什么而设计的。"

香奈儿用棉布设计出美观大方、行动方便的套装，让女人的胸部不再被束缚，裙边不用在地上拖曳。

博赫反击和讽刺她说："你让女人看起来像电话接线员。"

香奈儿说："她们本来很多就是电话接线员！"

香奈儿带来了服装的革命，她主张造型简洁、朴实、舒适自如，色彩单纯、素雅。黑色、白色，是她永恒的主题。

"这是一位令人惊愕的天才，她的服装富有女性美的艺术，是匠心独运的充分展示！"香奈儿改变了时装的概念。她自己说："我使时装的观念前进了四分之一世纪，我凭什么？因为我懂得如何解

　　具有颠覆性的，不但是她的设计。香奈儿本人的举止，也是打破世风的。

　　她大胆穿起裤子，扯掉衬裙，剪短长裙，骄傲地行走于街头。

　　有一次，出门之前，香奈儿随手拿起了亚瑟的马球套衫，把腰身扎起来，卷起袖子，潇洒、迷人地出门去了。

　　这种一时兴起的穿着，竟一下成为时髦的"香奈儿"装束。

　　很快，她的时装店越开越大。

　　香奈儿终于决定重新回巴黎去！再去闯一闯高傲无情的法国时装界。

　　回到巴黎，香奈儿做得风生水起。

　　人们不但喜欢她设计的时装，还喜欢她性格里的坦率和自由。

　　她的一举一动都会成为时尚界注意的焦点。

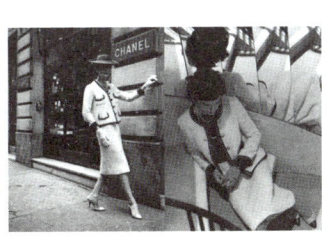
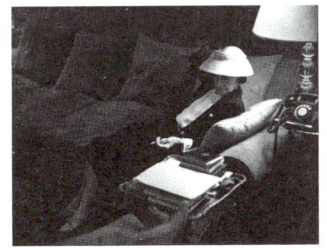

有一次，她在给壁炉加柴的时候，炉子突然爆炸，把她的头发燎掉了一些。

香奈儿毫不犹豫地拿起剪刀，把剩下的头发修成了短发。

要知道，在那个年代，很少有女人会剪短发的。

但是香奈儿以短发一亮相，很快，巴黎街道上，短发的女人越来越多，那种流行了几十年的波波头很快传开了。

1919年，亚瑟，那个即是香奈儿的爱人，也是她兄长、父亲，一直理解她、帮助她的男人，因为车祸去世了。

这对香奈儿是一个致命的打击。因为只有在他的面前，香奈儿才会流露出自己的软弱。

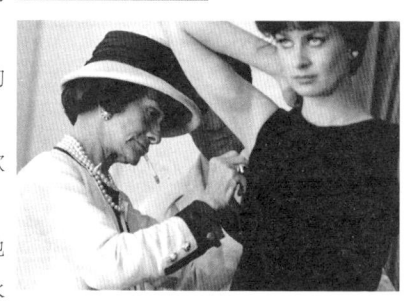

她的一生，孤独骄傲，她只对一个男人说过，"请你永远留在我身边"，并希望他能

够娶她。他就是亚瑟。

"一天又一天，唯一能够支持我前进的力量，就是你在这个世界上。"

但是，亚瑟在生前，为了和父亲和解，不得不娶另一个女人为妻。
这一切的原因还是那一个，香奈儿的出身太低！
在看香奈儿的传记电影《COCO》的时候，我太难忘她面对这个男人和这种现实时，眼里被忍住的泪水。

亚瑟死于车祸之后，香奈儿为自己设计了一袭黑裙，简洁流畅的线条，精致的剪裁，成为流行中的经典、经典中的流行。她对亚瑟说："我要让全世界的女人为你穿上黑衣。"

失去了这个"唯一爱过的男人"，从此她的生活里，只剩下工作。

从 1920 年起，香奈儿开始享誉全球，她重新回到巴黎坎朋街，在 31 号开了一家设计沙龙。
1923 年，她推出了及膝的短裙和裁剪考究的外套，通常选用黑色羊毛面料，金色的纽扣，再配以大颗珍珠项链。这是闻名全球的"香奈儿套装"。

随后，她推出了全世界最为闻名的香水——"香奈儿 5 号"。

　　"5"是她的幸运数字，但"5"最后被命名为香水的名字，是因为这是她的第五次尝试。

　　"香奈儿5号"的瓶子和她所设计的衣服一样：简洁，大方，是方形的。

　　玛丽莲·梦露曾在五十年代说，Chanel No.5 是她最爱的香水。

　　即便到了现在，全世界每三十秒，就有一瓶香奈儿5号售出。

　　成名之后的香奈儿，可以任性而为，因为她生于8月5日。所以她定下每年的时装发布会时间，总是在2月5日和8月5日。

　　一位法国作家这样描写她：

　　"当她一出现，没有人不被她的身影吸引，她很娇小，苗条，一头浓密的乌发，眉毛靠得很近。她有小巧的鼻子和深邃的眼睛。她似乎总是穿着同样的打扮，非常简朴和不同凡响的黑色！她总是把手插在口袋里和人谈话，她讲话的速度很快，她给人的印象是——既不胡思乱想，也不轻易放弃自己目标的人……"

　　无数非富即贵的显赫男人围绕在她的身边。流亡法国的俄国沙皇的长子狄米提·帕夫洛维奇公爵、英国首富威斯敏斯特公爵，等等，都拜倒在她的裙下。她坦率地说：

　　"我后来确实爱过一些人，但是，在这些爱情中，我始终做自己。"

　　她被频频邀请出席各种社交场合，许多著名艺术家都成为她的好朋友：毕加索、狄亚格列夫、海明威、斯特拉文斯基、伊利伯、雷诺阿、莫朗、达里，等等。很多权贵试图娶她回家，但她总是一一拒绝。她对一位满以为不会遭到拒绝的公爵说："这世界有很多公爵夫人，可是只有一个香奈儿。"

她不会为了他们而改变自己，她选择独立，选择永远地工作。

不管男人们如何赠她珠宝，带她旅行，回到家里，她永远是孑然一身。

她甚至没有一间属于自己的房子。

在她离世之前的三十年间，她一直住在酒店里。

1939 年 9 月，第二次世界大战爆发，香奈儿关闭了她的时装店，隐居起来。

战争结束之后，人们本以为她会重新开张，但是她却选择了悄悄地离开巴黎，来到瑞士，在那里度过了八年默默无闻的生活。

1953 年，已经七十岁的香奈儿回到巴黎。

人们知道她回来了，但是并不期望她会继续工作。

令人想不到的是，她竟然重新开始了。

1954 年 2 月 5 日，香奈儿发布了战后复出的第一个时装系列。

巴黎时装界的反应非常冷淡刻薄。

人们认为她的声望已成过去，打赌她的店可能开不过五年。

但是，美国向香奈儿敞开了大门，优雅的直线造型，精巧的两件套装，手感舒适的格子呢，串珠项链，再次征服了渴望优雅的女人。

香奈儿战胜了年龄，战胜了胆怯，她又一次获得成功。

老年的香奈儿，同样很迷人，她有点倔强，有点傲气，有点蛮横。她穿着套装，坐在楼梯上抽烟。

她仍然一个人生活。

冷漠的优雅，孤独的坚强。

1971 年 1 月 10 日，春天的时装发布会马上就要来到了，香奈儿工作到很晚，到了凌晨，她才服下两片安眠药和衣躺下。

她在睡梦中，停止了呼吸。

她死在了工作台边。

人们发现她的时候，她还穿着自己喜欢的套装，戴着项链。
她传奇的一生结束了。八十八岁。
她创造了一个绚烂的时装帝国，走得却这么平淡。

她在巴黎的设计工作室，如今还在经营。

香奈儿的话

· 我特别厌恶那些夸张的装饰品，女孩子们东挂西戴，活脱脱像棵圣诞树。

· 我崇拜美，但是讨厌所有只是漂亮的东西。

· 二十岁的面容是与生俱来的，三十岁的面容是生活塑造的，四十岁的面容是我们自己要负责的。

· 黑色能够包容一切颜色，白色也是。穿白色和黑色服装的女人，永远是舞会上最受瞩目的美女。

· 男孩一旦长成男人，就不再在真爱上浪费时间了，要知道，他们的妈妈早就把真爱给他们了。

· 追求自由，我可以不惜任何代价。

· 奢华的反面不是贫穷，而是庸俗。

· 穿不上街的时尚，就不是时尚。

· 一个不喷香水的女人是没有未来的。

· 应该在哪里使用香水？在你想被亲吻的地方。

加布里埃·香奈儿

Gabrielle chanel

可可·香奈儿（Coco chanel）是她在卖唱时候的艺名。1883年出生于法国，1913年创建香奈儿品牌，她的口头禅"流行稍纵即逝，风格永存"，这也成为品牌背后的指导力量。在创建了伟大的时尚帝国的同时，她一生未婚。

艾米莉·狄金森

孤 独 是 迷 人 的

我是无名之辈！你是谁？

你也是无名之辈？

那咱俩就有了默契——别出声！

他们会把咱们排挤——要小心！

多无聊——身声赫赫显要！

多招摇——不过像只青蛙

向一片仰慕的泥沼

炫耀自己的名号！

——艾米莉·狄金森 《无名之辈》

艾米莉·狄金森1830年12月10日出生于美国马萨诸塞州安贺斯特。她的祖父山谬尔·富勒·狄金森是安贺斯特大学的主要发起人之一；父亲与哥哥是律师，艾米莉曾在安贺斯特学院及圣约克山女子学院接受教育，可是只待了两个学期之后，她就回家了，然后就再也没有离开过她的家。她人生大部分都是在她出生的房子里度过的，那栋砖造房屋是由她的祖父建造的。在房子东边的温室里种了许多植物，即便冬天也会开花，她就在床边的小书桌上写诗。她卧室里，摆放着一个雪橇、一个铁皮烤炉、一个橱柜和一张写字台。

艾米莉有一头栗色的头发和一双深邃的眼睛。她避开大众，远离世俗与名声，越来越孤僻。她只穿白色的衣服，不接见访客，甚至都不到隔壁哥哥家去走动。那个时候，知道这个世界上有艾米莉的人，恐怕只有几个！她把她写完后的诗歌一捆捆缝起来，锁在橱柜的抽屉里。

没有什么声音比她的第一人称的诗作更孤独。

1886年，艾米莉与世长辞；她死之前，要求她的妹妹拉维妮雅将她所有的信件烧毁，她的妹妹在这么做的时候，发现了一个盒子，以及她深锁在盒子里的诗篇，这些诗有一千八百多首，是

艾米莉用一生的孤独来创作的。

拉维妮雅十分震惊，她坚信这些诗歌一定可以出版，就四处奔走，终于让第一本艾米莉诗集在 1890 年出版。

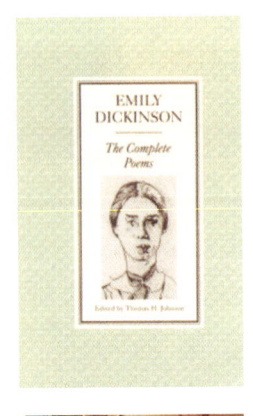

这些诗一出版就得到了评论家很高的评价。很快，她成了家喻户晓的诗人。不过这时，她已经去世很多年了。

人们喜欢她诗歌里的关于死亡、永恒、自然和哲学的意象。更喜欢她深入骨髓的孤僻的书写。当她成了名人，人们对她的生活非常好奇，却发现，这位诗人，基本没有什么生存过的资料留下来，她的生活鲜为人知。即便是周围的亲友，对她也知之甚少。所以，这让研究她的人非常无奈和失望。

直到 1915 年，艾米莉的侄女，也是他们家族的幸存者玛莎·狄金森，将艾米莉曾经住过的房子卖给了一个牧师。牧师住进房子之前，重新装修房子，拆掉温室的时候，工人在一个斑驳的墙壁缝隙里，发现了一本皮面的本子，这位工人也是艾米莉的崇拜者，他打开本子后，激动得快要晕过去——因为这是一本艾米莉的日记。工人悄悄将日记藏在他的午餐盒里带回了家，藏在一个橡木的箱子里，瞒住了所有的家人。他并不想把它公诸于世，在他后来的六十四年人生里，艾米莉的日记只被他一个人反复阅读，他一次次地翻阅那些如谜语又如魔咒一般的文字，几乎能够全部把它们背下来。

1980 年，这位八十九高龄的工人在弥留之际，把日记本的秘密告诉了他的孙子，他表达了自己的自私和忏悔，希望孙子能够将这个日记本公诸于世，所以，在七十五年之后，这本书终于面世，让所有狄金森迷为之一惊！

这本日记是小小的，封面是深棕色，艾米莉在里面的空白地方任意地书写。每一页的抬头都有日期。她用墨水写日记，很少划掉或者修改它。她写的日记，就像她写的诗一样："我的生命太过简单艰苦，以至于有人为此感到不安。"她还在日记里写了她的信仰，她所理解的死亡与苦难、爱，以及她对于命运的理解和对自己选择的坚持。她没有试图用文字来歌颂世界，而是希望将来的人们，有一天可以通过她的诗歌来了解她。

狄金森的文字和制作的植物标本

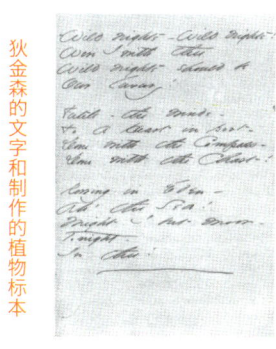

再后来，一位作家的后人，又公布了狄金森与作家的通信。人们这才知道，原来这位诗人，也曾经迷茫，令人难以置信的不自信，以及不知道自己是谁。

"希金森先生，"她写出的信如此谦恭，"您能在百忙之中抽空看一下我的诗歌吗？您觉得它们有足够的生命力吗？"

这是 1862 年 4 月，艾米莉·狄金森写的，这位先生是三十八岁的汤姆斯·温特华斯·希金森，他是个作家、牧师、女权主义者。他曾写下"一个词可能包含着几年的激情，一句话就可以概括一个人的半生"。狄金森在信里说，就是这句话激发了她写诗的愿望。

他们保持通信二十多年，他们大多数的信件已经被遗失，在仅存的几封里，我们似乎能看到对狄金森来说，这位先生，是她唯一的知己了。她对他吐露内心的苦痛折磨："打从九月起，我有一种恐惧，我不能向任何人诉说。"她还告诉他："你的信并没有让我陶醉，因为在此之前我喝过朗姆酒了。"

Emily Diekinson

可以看出来，这位作家，被她的诗迷住了，又为这样一个女人所打动，但作为一个牧师，他比较谨慎地保持着和她的距离。但有时，又难以抑制表达一下自己的感情："有时我拿出你的信和诗歌，亲爱的朋友，"他于 1869 年写道（这是他给她的信件中保存下来的三封中的其中之一），"我感觉到它们奇异的力量。因此这不奇怪，我觉得很难表达出来……如果曾经牵起你的手我可能会成为你生命中的某个人。但那时你仍然把自己隐在炽热的雾气之中，而使我无法接近你，只感受到那珍贵的光之火花所带来的喜悦。"

可是，在后来面世的很多狄金森传记里，又很少有人提到这个作家。人们似乎不太相信，也不愿意接受，狄金森这样的隐居者，会真的有这样一位好友。

在后来，有人出版了一本《孤独是迷人》，说是狄金森的日记，但是又有人站出来说，那是一本伪书。

总之，她是一个谜。

艾米莉·狄金森

1830—1886

她深锁在盒子里的大量创作诗篇，则是她留给世人的最大厚礼。在她有生之年，她的作品未能获得青睐，她一直在忍受周遭众人对她的不解与误会。艾米莉为世人留下一千八百首诗，包括定本的一千七百七十五首与新近发现的二十五首。

艾米莉·狄金森的诗

Compensation

For each ecstatic instant We must an anguish pay

In keen and quivering ratio

To the ecstasy.

For each beloved hour

Sharp pittances of years,

Bitter contested farthings

And coffers heaped with tears.

补偿

为每一个狂喜的瞬间

我们必须偿以痛苦至极，

刺痛和颤抖

和狂喜成正比。

为每一个可爱的时刻

必偿以多年的付出，

辛酸争夺来的半分八厘

和浸满泪水的钱箱。

I'm nobody! Who are you?

I'm nobody! Who are you?

Are you nobody,too?

Then there's a pair of us!

Don't tell! they'd advertise,you know!

How dreary to be somebody!

How public,like a frog!

To tell your name the livelong June

To an admiring Bog!

无名之辈

我是无名之辈！你是谁？

你也是无名之辈？

那咱俩就有了默契——别出声！

他们会把咱们排挤——要小心！

多无聊——身声赫赫显要！

多招摇——不过像只青蛙

向一片仰慕的泥沼

炫耀自己的名号！

曹诚英

我却是永远地沉浸在寂寞的悲哀里

"也想不相思，可免相思苦。几次细思量，情愿相思苦。"

—— 胡适

1917年，胡适从美国留学回来，回到家乡安徽，去见他的未婚妻。

之前，他和未婚妻只通过信，看过照片，没有见过面。

他只知道，她叫江冬秀。

他们从小订婚，已经十来年了。

江家已经给他备好了酒席，但他关心的不是吃喝，而是早点见
到她。

于是江冬秀的哥哥领他去了她的闺房。

但是江冬秀害羞，死活不肯出来。

她哥去劝，她的七大姨八大姑也去劝，但她就是不肯出来。

没办法，姑婆只好出来对伫立门口的胡适说：你进去吧！

胡适忐忑地进了闺房，江冬秀却紧张地爬上了床，床上挂着厚
厚的帷帐，胡适顿时手足无措。

这时她的家人急了，要伸手去撩帐子，但是被胡适制止了。

江家人心里十分过意不去，但是胡适却很有礼貌地给江冬秀留
了一封信才离开：

"家乡风俗如此，非姊之过，决不怪姊也。"

在信里，他还留下了婚期：

"不在十一月底，即在十二月初也。"

他对这段婚姻，还是有所期待的。

胡适十三岁的时候，他的母亲作主给他定了这门亲事。

订婚不久，胡适就去了上海念书，后来又去了美国。

海外求学的经历，和眼界的开阔，让他对这个包办的婚姻很无
奈，但他是个孝子，不敢违抗母亲的意愿，何况，又听说他在美国
期间，江冬秀经常去他家里，照顾他守寡的母亲。这就让他更无法
拒绝了。

离开安徽以后，胡适接受了蔡元培的邀请，去北京大学当教授。

这一年，他二十七岁了，江冬秀比他大一岁，她等了他十几年，在老家，已经属于超大龄了。所以，他的母亲隔三差五就写信给他，催他尽快回家完婚，不然："对不起人家。"

1917 年 12 月，胡适果然如他给江冬秀留的字条所说，从北京回来，和她完婚。

在婚礼上，他穿着西服、皮鞋、戴着帽子；江冬秀穿着棉袄和缎裙，一双小脚。

中西合璧的婚礼，让很多乡人跑来看热闹。

他们并排站着，对着胡适的母亲鞠躬，这让从二十三岁就失去丈夫的胡母热泪盈眶，这么多年，她遵从丈夫"应该令其读书"的遗愿，竭尽全力供胡适读书，现在，她的儿子终于完成了她的心愿。

第二年，胡母就去世了。死的时候，只有四十六岁。

胡适与江冬秀

在他们的婚礼上，有一个十五岁的小姑娘，皮肤白皙，浓密的黑发，眼睛黑白分明，她目不转睛地看着这个戴着黑色呢帽的新郎。她是他们的伴娘，是胡适三嫂的妹妹。

　　这个女孩叫曹诚英。

　　婚礼上只是匆匆一瞥，胡适却对这个天生丽质的姑娘留下了深刻的印象。

　　婚后的胡适带着江冬秀回了北京。

　　曹诚英也在第二年成了亲。十六岁，嫁给了一个叫胡冠英的富家公子。

　　婚后的胡适才发现，他娶的这个媳妇，并不像他之前看的那样羞涩，也不像母亲说的那样"温和柔顺"，她简直无比厉害！精明强干，脾气很大。他也才知道，原来她以前写给他的信，都是找别人代笔的，她原来根本不识字！

　　江冬秀到了北京以后，马上要求胡适把教书挣的工资全部上交，出书的稿费也要一分不剩地给她。他买任何东西，都需要她同意。

　　更和他母亲所述"她是个勤劳的女人，可以照顾你一辈子"不同的是，她根本不做家务，她请了三个用人，自己什么都不用做，每天都把大量时间消磨在麻将桌上。

　　最让胡适感到伤心的是，江冬秀曾经指着他家里的大量的藏书，对他的朋友抱怨："胡适之的房子，给活人住的地方少，给死人住的地方多。这些书，都是死人遗留下来的东西……"这个话，让前去胡适家做客的文化人面面相觑，胡适自然也是非常尴尬，他只好写了一首诗送给江冬秀：

他干涉我病里看书，
常说，"你又不要命了！"
我也恼他干涉我，
常说："你闹，我更要病了！"

我们常常这样吵嘴——
每回吵过也就好了。

今天是我们的双生日，
我们订约，今天不许吵了！
我可忍不住要做一首生日诗，
他喊道："哼！又做什么诗了！"

要不是我抢得快，
这首诗早被他撕了。

——胡适《我们的双生日——赠冬秀》

多么无奈的诗啊！一个文坛大师，一个世俗悍妇，他和她，完全就是两个世界的人！

胡适很怕这个老婆，所以在当时的北京，他是出了名的"惧内"

教授。

对这个称号，他也不反驳，反倒自嘲说：

"古时候的女子要'三从四德'，现在的男人也有'三从四得'。三从是：一、太太出门要跟从；二、太太命令要服从，三、太太说错了要盲从。四得是：一、太太化妆要等得；二、太太生日要记得；三、太太打骂要忍得；四、太太花钱要舍得。"

1923 年，胡适去了杭州养病，在那里，他偶然遇见了当年在他婚礼上当伴娘的曹诚英。

那个十五岁的小姑娘，如今已经长成了大姑娘，个子高了，一把黑发绾成了发髻，只有那双明亮的眼睛没有变，眉清目秀，端庄又明净。

令他没有想到的是，曹诚英告诉他，她离婚了。

这在那个年代，在他们的老家，是一件需要很大勇气才能办到的事情。

胡适马上对她另眼相看。

她说，自己离了婚以后，在杭州第一师范念书，因为受不了外面的风言风语，每天大门不出二门不迈，就在宿舍写诗。

胡适宽慰和开导她，陪她一起

游西湖，还写了诗送给她：

> 十七年梦想的西湖，
> 不能医我的病，
> 反使我病的更厉害了！
> 然而西湖　毕竟可爱。
> 轻雾笼着，
> 月光照着，
> 我的心也跟着湖光微荡了。
> 前天，伊却未免太绚烂了！
> 我们只好在船篷阴处偷觑着，不敢正眼看伊了……
>
> ——胡适《西湖》

这个温柔体贴到连给学生上课，有风从窗子里吹进来，他都要给女学生把窗户关上的男人，如此细心陪着她，无微不至照顾她，还写这样的诗给她，曹诚英怎么承受得住，她真是身不由己，忍不住一点点地向他靠近。

从那以后，胡适日记中，就开始不断出现佩声（曹诚英小名）的名字：

> "5月3日，在杭州，有两日脚很肿。游时，除这六人外，又有曹佩声、汪静之……"

"9月11日，桂花开了，秋风吹来，到处都是香气。窗外栏杆下有一株小桂树，花开得很繁盛。昨天今天早上，门外摆摊的老头子折了两大枝成球的桂花来，我们插在瓶中，芬香扑人。"

"9月12日，晚上与佩声下棋。"

"9月13日，下午我同佩声出门看桂花，过翁家山，山中桂树盛开，香气迎人。我们在一个亭子上坐着喝茶，借了一副棋盘棋子，下了一局象棋，讲了一个莫泊桑的故事……"

"9月14日，同佩声到山上陟屺亭内闲坐。我讲莫泊桑小说《遗产》给她听，上午下午都在此。"

这样的神仙日子，让胡适流连忘返，他们同居在一起，她做饭给他吃，吃完饭，陪他一起散步，下棋，看戏。

他称这是"我一生最快活的日子。"

他的朋友们都知道他和她在一起，都笑话他那段时间，像变了一个人。徐志摩甚至称他"返老还童"了。

"满脸欢喜的笑容，是初恋爱时的兴奋状态。适之师像年轻了十岁，像一个青年一样兴冲冲、轻飘飘，走路都带跳的样子。"

——汪静之说胡适

他在杭州住到了当年 12 月才回到北京。

回京以后，他仍然给曹诚英写信，并寄花籽给她。

曹诚英也回信给他：

"如你在空山月色中感受到了暂时的悲哀的寂寞；我却是永远的沉浸在寂寞的悲哀里！"

——曹诚英给胡适的信

但是不知为何，到了第二年，曹诚英却突然没有来信了。

她知道他是有妇之夫，还有两个孩子。她还知道他的老婆是个厉害人物，他们的每封信都是通过江冬秀的手转的，尽管她还没有怀疑过这个"远方的表妹"，没有拆过他们的信，但对曹诚英来说，但只要想一想，她给他的每一封传情达意的信，要在他老婆的手里过一遍，她就受不了。

所以，她忍住了，不写了。

胡适顿时六神无主，坐立不安。

1924 年 1 月 15 日，他在日记里写：

"这十五日来，烦闷之至，什么事也不能做。……很想寻点事做，却又是这样的不能安坐。要是玩玩罢，又觉得闲的不好过。提起笔来，一天只写得头二百个字。从来不曾这样懒过，也从来不曾这样没兴致。"

后来，他实在相思难耐，就又去了杭州。

他去敲门。

她拉开门，见到他的一瞬间，所有的决心又崩溃了。

他租了一个套房，他住外面，她住里面。

有客人来访的时候，她就躲在里面。

这样的"躲藏"，因为她爱，所以，才能忍受。

后来，胡适又回到北京，她忍不住思念，给他写信。

她用英文写地址，并先寄给在天津的哥哥，然后再转寄给胡适。

　　"糜哥（胡适乳名）！在这里让我喊一声亲爱的，以后我将规矩说话了。我爱你，刻骨地爱你。我回家之后，仍然像现在一样的爱你，请你放心，祝我爱得安乐！"

爱到飞蛾扑火，爱到奋不顾身，爱到没有退路，爱到太苦。

那之后，只要胡适出差，只要他一封信，她就会去找他。

他到哪里，她就悄悄跟到哪里。

然后，胡适回北京，她回到杭州。

后来，她怀孕了。

胡适不得不向江冬秀摊牌，说希望离婚。他其实是早有此打算了的。

江冬秀二话不说，冲进厨房，拿出一把锋利的大菜刀："你要离婚可以，我把两个儿子杀了，再自杀。"

胡适吓坏了。

他是顾及自己形象的人，不想闹得太难堪。

于是他坦白告诉曹诚英：我害怕冬秀，不敢离了。

这是个实在话，却伤透了曹诚英的心。

男人这个时候的选择，往往冷酷又无情。

她吞下泪水，沉默地去打掉了孩子，然后收拾东西，去了美国留学。

这一年，她已经三十一岁。

距离他们重逢，已十年。

曹诚英去了美国之后，胡适特意写信给他在美国的朋友韦莲司，托她照顾曹诚英："她得节俭过日子，还得学英文口语，你能在这两方面给她一些帮助和引导吗？"

但曹诚英一走，就断绝了和他的联系。

1937 年，曹诚英获得了美国康奈尔大学农学院遗传育种学的硕士学位，回到安徽大学农学院任教，她是中国农学界第一位女教授。

她从美国回来，胡适去了美国做大使。

1939 年七夕，在美国的胡适意外地收到了她的信：

"孤啼孤啼，倩君西去，为我殷勤传意。道她末路病呻吟，没半点生存活计。

忘名忘利，弃家弃职，来到峨眉佛地。慈悲菩萨有心留，却又被恩情牵系。"

这封信，没有落款，没有地址，只有一个邮戳，邮戳上印着：
"西川，万年寺，新开寺"。

原来，她选择了在峨眉山出家。

他很难理解，学成回国，她为何要出家？他更不知道，她出家的原因，竟然跟他也有一点关系。

曹诚英认识了一位归国留学生，本来打算结婚，谁知江冬秀认识男方的亲戚，她大肆败坏曹诚英的名声，导致那个男人解除了婚约。

曹诚英彻底心灰意冷。

胡适想回信给她，又觉得不妥，就没写。

后来，有朋友要回国，他托朋友从美国带了一封信和二百美元给她。

朋友辗转去了峨眉山，找到了曹诚英。

古寺青灯下的曹诚英，面无表情地看着突然到访的朋友。

她接过那封信和美元，半晌之后，泪如雨下。

经过朋友和哥哥的苦劝，加上她已经患了严重的肺病，她离开了峨眉山。

这位朋友马上写信向胡适报告说："可见你的魔力之大，可以立刻转变她的人生观。我们这些做女朋友的实在不够资格安慰她。"

但这又如何呢？

他在 1949 年去了台湾。

而她，在"文革"期间，因为和他的关系，被造反派抄了家，五十多岁了，还要站在台上，被人辱骂。

她这一生，都在因为他而受苦。

曹诚英终身未嫁。

她死于 1973 年，死的时候，身边没有孩子，没有亲人。她把微薄的积蓄，捐给了家乡修桥。

她的好友遵照她的遗嘱，把她珍藏一生的一大包与胡适的信件，焚化成灰，和她一起葬在了回乡的路上，一条通往胡适故居的必经之路。

至死，她都没有放弃希望：如果有一天，他告老还乡，一定会经过这里。

但是，她不知道：

胡适早已在十一年前，病逝于遥远的台北。

曹诚英的词

虞美人

鱼沉雁断经时久，未悉平安否？万千心事寄无门，此去若能相遇说他听。　朱颜青鬓都消改，惟剩痴情在。念年辛苦月华知，一似霞楼楼外数星时！

临江仙

阔别重洋天样远，音书断绝三年，梦魂无赖苦缠绵。芳踪何处是，羞探问人前。

别字佩声，中国农学界第一位女教授，著名的马铃薯专家，曾在安徽大学和复旦大学任教。

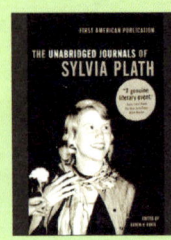

西尔维娅·普拉斯

所有的爱和孤独都是自作自受

我闭上眼睛，整个世界立刻死去。

我睁开眼睛，一切再次重生。

我想，你只是我脑海里的想象。

——《疯女孩的情歌》（Sylvia Plath, 1932—1963）

1962年7月至1963年2月，普拉斯在伦敦度过了她生命的最后一段时光。

那一年的伦敦，出奇地寒冷，普拉斯疯了一样地写诗。

1963年2月17日，冬日的伦敦一片寂静，每个人都不准备出门，只是围着炉火，昏昏欲睡。

就在那一天，普拉斯在自己的寓所开煤气自杀了。

那一年，她年仅三十一岁，她的女儿不到三岁，儿子还不到一岁。

西尔维娅·普拉斯（Sylvia Plath），1932 年出生于美国马萨诸塞州，在温思罗普度过童年时代。八岁时，她的父亲因糖尿病去世。从她后来的诗里，可以看出她父亲的德国血统和死亡始终困扰着她。幼年的普拉斯喜欢写诗，喜欢画画，八岁就开始发表诗歌。1950 年 9 月，十八岁的普拉斯高中毕业后考入马萨诸塞州史密斯学院。一头金发，鼻子很翘，还有细长笔直的双腿。她活跃在学校各社团中，开始疯狂恋爱，并记录下跟她约会的男同学的数字。可同时，她又像一个被海浪冲上岸的贝壳那样孤独。

在她活过的三十几年里，可能只有大学那几年，她是活泼快乐的；大学之后，她对自己和人生的看法日渐悲观。我想，那可能就是她注定要当诗人吧！诗人，注定不快乐，注定长着另一双眼睛，并为自己的敏感所伤害。从很年轻的时候起，普拉斯就称自己"永远不会忘记看过的事物"，"永远""绝不"是她最常用的字眼。她还有异常强烈的爱憎分明的性格，这让她慢慢受苦。

"世界上最美的东西绝对是阴影，千万个移动的形体和死绝的阴影……人们的眼神、笑容背后的阴影；地球上被黑夜笼罩的那一边，绵延无尽的阴影。"

她写诗来歌颂阴影与黑暗，她

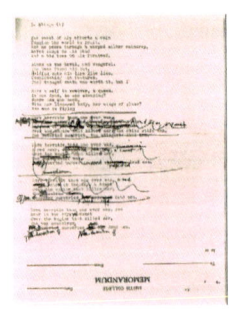

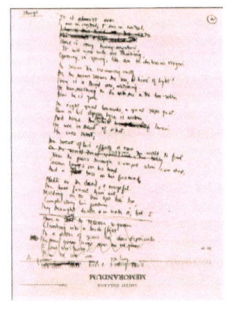

普拉斯手稿

善于捕捉黑暗。如果生命是一片黑暗的汪洋，她在里面载浮载沉，而光明的白天，让她感到凄凉——"仿佛是一条白亮广阔却又无尽苍凉的大道。"

1953 年，普拉斯在精神崩溃后试图吞安眠药自杀，之后，又多次自杀未遂。她说，自己看过死亡的面孔——"仿佛被神奇的绳线牵引着，我一步步走进房间。"

1955 年，二十三岁的普拉斯到英国剑桥大学念书。

第二年，在剑桥大学的一个聚会里，普拉斯遇到了比她大两岁的英国诗人泰德·休斯，他们一见钟情，见面没多久就热吻起来。普拉斯突然迸发出令人难以置信的激情，甚至咬破了休斯的面颊。她陷入恋爱里，休斯带给了她生命里最快乐的日子，但是这快乐何其短暂。

四个月后，他们结婚了。

他们不该结婚的。

结婚毁了他们。

一切的激情戛然而止。

他们住在诗人叶芝曾住过的公寓里，生下了一儿一女。婴儿哭闹，做不完的家务，金钱困顿，争吵，嫉妒让普拉斯精神分裂，她患上了抑郁症。

在休斯眼中，这个曾经让他疯狂爱着的女人，变成了一个"难缠的女人"，她孤僻、固执己见、狂暴异常，与周围世界的关系十分紧张，她曾经两度撕毁他的诗稿与书信，这让休斯暴怒不已。

命运送来了改变。

1962 年，休斯的一位朋友前来拜访他们，他带来了自己美艳性感的妻子艾西亚。

当那个浑身散发着魅力和香气的女人走进他们家的第一瞬间，普拉斯就已经敏感地预感到了什么。

很快，她就在休斯的衣服上，闻到了那个女人身上的香水味。她夺走了她的爱。

普拉斯完全无招架能力。

"这场仗我输了。"她只擅长于艺术，并不擅长于怎么夺回一个男人。

普拉斯立即带着孩子离开家，与休斯分居。

面对命运的重重一击，普拉斯在低落无助的黑洞里越陷越深，她想到了死。

在死之前，她不打算辜负自己的才情，她要写诗，写下爱的癫狂与梦的破碎，写下她所受的苦，写下生命如此微弱、苦痛如此难言。在赴死之前，普拉斯文思泉涌，在孤独、寂寞和贫困中忘我创作。在两个月的时间里，她创作了四十首有关愤怒、绝望、爱与复仇的诗。《蜜蜂会议》《针刺》《爸爸》《拉撒路女士》《爱丽尔》《死亡与陪伴》……这些诗歌为她赢得身后大名。1982年，《爱丽尔》获得美国诗歌最高荣誉——普利策诗歌奖。

1963年2月11日，一个寒冷寂静的早晨，普拉斯轻轻起身，亲吻了酣睡的孩子之后，在床边留下了面包和牛奶，然后轻轻带上

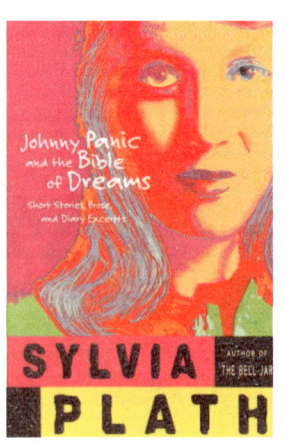

他们的房门。她用湿毛巾把孩子的门缝塞得死死的，然后，走向厨房，打开煤气，把自己的头深深地埋在煤气炉上……

深具才情、激狂一生的普拉斯，亲手结束了自己阴影笼罩的一生。

但是，她却留下了"普拉斯魔咒"：六年后，1969年3月25日，从她身边夺走丈夫的女人艾西亚，在杀死与休斯所生的四岁女儿后，

以跟普拉斯一样的惊人方式告别人世。

休斯一直活到 1998 年，后来被称为英国的桂冠诗人。但因为那段婚外情，他背负了一世骂名。

他们的女儿弗丽达长大后成了一名画家，后来也开始发表诗歌。儿子尼古拉斯成了一名鱼类和海洋学专家。2009 年 3 月 16 日，普拉斯的儿子，四十七岁的尼古拉斯被发现在阿拉斯加的寓所自缢身亡。

西尔维娅·普拉斯

Sylvia Plath

她是继艾米莉·狄金森和伊丽莎白·毕肖普之后最重要的美国女诗人，因其富于激情和创造力的重要诗篇留名于世。她与英国诗人休斯的情感变故和戏剧化的人生成为英美文学界一个长久的话题。她的第一部诗集《巨像》（*The Colossus*）出版于1961年。小说《钟罩瓶》（*The Bell Jar*）1963年以笔名Victoria Lukas出版。1965年出版诗集《精灵爱丽尔》（*Ariel*）。

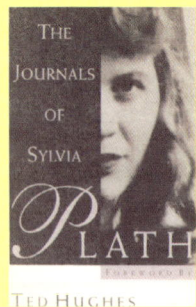

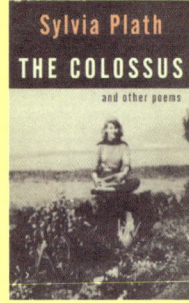

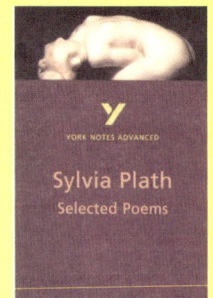

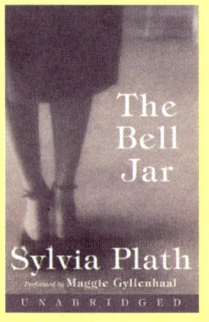

拉扎茹斯女士

普拉斯

我的皮肤
闪闪发亮如纳粹的人皮灯罩
我的右脚
一块锡纸
我这张脸平凡、细腻
是犹太人的亚麻布

我是个笑吟吟的女人
我年仅三十
像只猫我可以死九次
这是我的手
我的膝盖
我可以只有皮和骨

死，是一门艺术
就像任何事情一样
我要使它格外精彩
灰烬之中
我披着红发升起
我吞吃男人就像呼吸空气

对手

普拉斯

如果月亮笑了，她会像你。
你那样留下美好事物的
记忆，但是已渐渐淹灭。
你们都是光的借用者。
她圆润的嘴哀悼着世界，而你无动于衷

你旷世的天资是用石块创造万物。

我苏醒在一个陵墓；而你在这里，
石桌上的手指咯咯作响，寻找着烟卷，
如居心叵测的女人，但没有那种神经质，
你临终时说出-些不可思议的词语。

月亮也在屈辱着她的臣民

白昼里它荒诞不经
而你的不满，在另一层次
穿越邮件的缝隙和如期的爱一起抵达
白的和黑的，如一氧化碳般珍贵。
来自你的音讯，没一日平安无事
也许漫步于非洲，然而却惦念着我。

卢隐

我想游戏人间，反被人间游戏了我

"人生是时时在追求挣扎中，虽明知是幻想虚影，然终于不能不前去追求；明知是深渊悬崖，然终于不能不勉强挣扎；你我是这样，许多众生也是这样，然而谁也不能逃此罗网以自救拔。"

——石评梅：《给庐隐》

庐隐，很多人都不知道她，其实，在"五四"时期，她是与冰心齐名的女作家，那个时代，有"福州三大才女"的说法，说的就是她、冰心和林徽因。

她的原名叫黄淑仪，"庐隐"的笔名，是她自己取的，有"隐去庐山真面目"的意思，但她去世得太早，就如她的名字所暗示的，在半个多世纪的光阴里，她真的很少被人提及。

有人说，她是一个悲观主义者，作品里，全是悲哀的颜色，她的作品里，人物总是走投无路，前路茫茫，面对着冷酷无情的现实，永远感受着孤独、苦闷和愤嫉。可她笔下的女人，大多有一个好听而纤柔的名字，雯薇、沅青、倩娟、沁芝……纤细而柔美。她自己的人生也是悲哀的，从出生到去世，不幸频频降临，她的幸福太少了，但是她又是那种对于生命有热爱，对爱有热烈追求的人，她那种我行我素、不甘于庸俗的性格让人如此记忆深刻。

庐隐出生的那天，正好外祖母去世了，于是母亲把她当成了一个"不祥之物"，不愿意亲近她，甚至不愿亲自喂她吃奶，雇了一个奶妈来喂养她。

因为缺乏照料，小庐隐身上长满了疥疮，每天狂哭不止，家里人听得很烦，她的父亲竟然把她抱起来，想扔进江里去淹死！！可怜的庐隐，最后被好心的奶妈救下来，奶妈把她带回山清水秀的乡下去抚养。直到三岁时，才让她的父亲接回。

庐隐回到家不到三年，父亲突然病故了。她的母亲带着家里五个孩子来到北京，寄居在舅舅的屋檐下。

寄人篱下的庐隐，受尽歧视和冷落，她形容自己的童年："没有爱，没有希望，只有怨恨。"直到九岁，被送进女子学校，后来又进了女子师范学校。

聪明的庐隐在师范学校里大量读书，被同学称为"小说迷"。

正是遇上了文学，她才得救了，她不但读书，还开始写作："我常常觉得心里梗着一些什么东西，必得设法把它吐出来才痛快。后来读文学概论、文学史，里面讲到文艺的冲动，我觉得我正有这种冲动，于是我动念要写一本小说，但是写什么呢？对于题材，我简直想不出，最后决定还是写我自己的生活吧。"

庐隐十七岁时，家里来了一位访亲的年轻人林鸿俊，他曾在日本留学，比庐隐大三岁。林鸿俊被庐隐的才情打动，托人向庐隐母亲提亲，但是因为他家境贫穷，父母双亡，被拒绝了。林鸿俊很伤感，写信给庐隐，坦述自己的凄凉身世，和对她的仰慕。

这封信，让情窦初开的庐隐产生了共鸣和同情，她给母亲写信说："我情愿嫁给他，将来命运如何，我都愿意承受。"

于是，家里只能同意她和林鸿俊订婚。

那时，受"五四"新思潮的影响，庐隐留了短发，穿着灰色套衫，黑色绸裙，在学校里像个游侠。在那个刚刚觉醒的年代，她尽情展现自己光明磊落、飞扬跋扈的性格。她组织参与各种集会和游行，还在集会上演讲，大声朗诵李清照的"生当做人杰，死亦为鬼雄"。

林鸿俊大学毕业后，在一个糖厂当了工程师，经济好了起来。他开始要求庐隐不要再出去抛头露面，而是与他结婚，回家相夫教子。

但这时的庐隐，已经发觉了他们的志趣不同，她给一位好友写信说："林来信总讲他目前的地位、收入、享受，太庸俗了。我已经回信，请他另找高明。"

性格慷慨豪爽的庐隐，做事也相当有魄力，果真不顾家人的反对、世人的眼光，干脆利落地与林鸿俊解除了婚约。她说，对做过的事，从不后悔。

1919 年冬天，庐隐在福建同乡会上，认识了郭梦良，郭梦良当时是北京大学哲学系的学生。他们决定创办一本《闽潮》杂志，郭梦良任总编辑，庐隐任编辑。

那一天，他们聊得很热烈，真是相见恨晚。

郭梦良性格温和，人品好，有思想，有才华。他很欣赏庐隐，暗中追求她。可是他也向庐隐坦言，他是有家室的人。

庐隐陷入两难的痛苦之中。她写了一个小说《海滨故人》，倾述了她的彷徨：

"青年男女，好像一朵含苞未放的玫瑰花，美丽的颜色足以安慰自己，诱惑别人……但是等到花残了，叶枯了，人家弃置，自己憎厌，花木不能躲过时间空间的支配，人类也是如此……恋爱不也是一样吗？不是和演剧般，到结局无论悲喜，总是空的呀！并且爱恋的花，总是衬着苦恼的叶子，如何跳出这可怕的圈套，清静一辈子呢？"

经过痛苦的思考和抉择，她给郭梦良写信说："只要我们有爱情，你有妻子也不要紧。"

真是一语惊人！

紧接着，家人的责难、亲友的嘲讽和唾骂铺天盖地而来。

但她仍旧一意孤行，1922年夏天，她和郭梦良在上海"一品香"旅社举行了结婚典礼。

这一惊人之举震惊了社会。

可是，幸福，不是"不顾一切"就可以得来的。

结婚后，庐隐和郭梦良回福建老家探亲，与郭的妻子同住在一个屋檐下。

郭的妻子，把她当作"小妾"来对待，婆婆对她，也是极其刻薄，就连她晚上点煤油灯写作都要在门外骂她。自尊心极强、以新女性自居的庐隐，哪里受得了这个，这时候，她才体会到什么叫尴尬和卑微。

她原来想，只要有了爱情，什么问题都好办，现实却狠狠地泼了她一头冷水！她绝望地给好朋友写信说：

"……过去我们所理想的那种至高无上的爱，只应天上有，不在人间……回乡探视，备受奚落之苦，而郭处之泰然。俊英，此岂理想主义者之过乎？"

就在她结婚不久后，母亲因为不能接受她给人"做小"，郁郁离世……办完母亲的丧事之后，庐隐强烈要求和郭梦良回上海。

回到上海以后，郭梦良创办了上海自治学院，忙碌终日，她的女儿出世之后，经济上更加紧张，庐隐更加忙碌不堪，她给朋友写信大倒苦水：

"我现忙于洗尿布，忙于柴米油盐，而收入甚微，不得不精打细算。营养不良，我们身体都欠佳。啊，这就是人生！"

她哪里知道接下来的厄运。1925 年 7 月，她出版了第一部短篇小说集《海滨故人》之后不久，郭梦良因为肠胃病去世了，那时，他才二十八岁，他们的女儿还不到一岁。

庐隐把郭的灵柩送回福建，与郭的父母和郭的妻子一起过了八个月。那八个月，她几乎要崩溃。

1926 年，庐隐带着孩子回到北京，在师大附中教书，与好朋友石评梅成了同事。

她和石评梅性格相投，同病相怜，她失去了郭梦良，石评梅失去了高君宇，"君失骄杨我失柳"，在陶然亭里，她们抱头恸哭，在人前，她们又如同快乐女神，抽烟，放歌，以酒浇愁，游戏人间。

"庐隐就是这么一个很痛快的人，高兴起来，就哈哈大笑；烦闷的时候，就痛饮几杯；伤心的时候，就大哭一场；看不顺眼的事情，就破口大骂，毫不顾到什么环境不环境。"冰心这么说她。

但是，1928 年，她的哥哥去世了，紧接着，石评梅因为脑膜炎猝死了。几年间，母亲、丈夫、哥哥和石评梅相继离去，让她悲痛欲绝。她的悲哀，浸透在这个时期出版的作品《灵海潮汐》和《曼丽》中。

之后有一大段时间，庐隐过得十分颓废，她常常跑到无人的地方，睡在地上，看无踪无迹的浮云；也经常喝得大醉，然后躺在床上长醉不醒。过了三十岁的她，有盛名，有智慧，有感悟，唯独没有爱情。

直到一个叫李唯建的学生出现。

李唯建是成都人，是清华大学西洋文学系的学生，他人长得很帅气，还经常在报刊上发表诗，他不顾庐隐比他大八岁，不断给她写信，大胆表白自己："我愿你把你心灵的一切都交给我，我虽是弱者，但担负你的一切我敢自夸是有余的！"

李唯建的出现，如同阳光，照进了庐隐阴暗冰冷的心，但是她并没有立刻接受他。

他继续给她写信："你是我的宗教，我信任你、崇拜你，你是我的寄托！"

这一次，庐隐感动了，她给他回信了，但在心中，她表达的，是自己的疑虑，她说："我爱你太深，便疑你也深。"

然后，随着信越来越多，话语越来越直白，庐隐终于再也无法招架："请你用伟大的同情来抚慰我吧！"

她终于从"重浊肮脏的躯骸中逃逸出来了"！与李唯建的相爱，终于让庐隐觉得"眼前的世界变了颜色"。

爱情的力量真的太伟大了：

"从前我是决意把自己变成一股静波一直向死的渊里流去。而现在我觉得这是太愚笨的勾当。这一池死水，我要把它变活，兴风作浪。"

那是 20 世纪 20 年代的北京啊，一个当红的女作家，公然与初恋解除婚约，下嫁有妇之夫；然后又带着与前夫的孩子与一个小她八岁的大学生恋爱……又一番嘲笑、指责铺天盖地而来……

庐隐倒是坦然面对："生命是我自己的，我凭我的高兴去处置它，谁管得着！"

在强大的舆论压力之下，她的老同学苏雪林也站出来支持她说："不应当拿平凡的尺，衡量一个不平凡的文学家。"

1930 年 8 月，庐隐辞掉工作，和李唯建到日本度蜜月。

他们在东京住了一段时间，研究文学，她写了《东京小品》，里面充满简单的幸福。

他们在日本的时候，她和李唯建的《云鸥情书集》，六十八封情书，在天津《益世报》连载，引得世人注目。

一年后，上海国光社出版了这本充满狂热爱情的书信集。庐隐是中国现代第一位敢大量公开个人情书的女作家。我印象最深的，是这本书里的第五十四封信，是庐隐写的：

"我来到这个世界上，

什么样的把戏也都尝试过了。

从来没有一个了解我灵魂的人，

现在我在无意中遇到你，

我们第一次见面，

就是基于心灵的认识。

异云（李唯建），你想我是怎样欣幸？

我常常为了你的了解我而欢喜到流泪，

真的，异云，

我常常想上天使我认识你，

一定是叫你来补偿我此前所受的坎坷。"

可是——1934 年，就在他们结婚四年之后，5 月 13 日，怀孕的庐隐即将分娩，为了省钱，他们没有去医院，而是花了十几块钱请了一个接生婆。她的子宫被接生婆划破了，她因为失血过多而离开了人世，三十六年的人生，就这样匆匆画上了句号。

庐隐一生清贫，没有任何财产，死后，她连一块墓碑也没有留下。悲痛的李唯建，经受不了这么大的打击，像疯了一样，到处乱跑，根本无心照顾当时还不到十岁的两个孩子。

于是，她的大女儿，被舅父带走了，离开家时，她只带了一张母亲的照片。

小女儿跟随李唯建回到四川老家。

从此姐妹天各一方，杳无音信，一别就是半个世纪。

1985 年，庐隐的两个女儿，终于重逢相认，她们来到上海寻找母亲的墓地，但是那里已经被拆掉，盖了高楼……

庐隐

原名黄淑仪，又名黄英，"五四"时期著名的作家，与冰心、林徽因齐名并被称为"福州三大才女"。2003年美国哥伦比亚大学出版的《女作家在现代中国》中，与萧红、苏雪林和石评梅等人并列为18个重要的现代中国女作家之一。

皮亚芙

去爱！去爱！去爱！

- 你最喜欢什么颜色？

蓝色

- 你最喜欢什么食物？

烤牛肉

- 你愿意过平淡的生活吗？

生活本来就是平淡的

- 谁是你最忠实的朋友？

我的朋友都很忠实

- 万一有一天你不能唱歌了？

我就活不下去了

- 你怕死吗？

我更怕寂寞

- 你会做祷告吗？

会，因为我相信爱

- 你最美好的回忆是？

每一次，当幕布拉起来的时候

- 作为女人的最美回忆？

初吻

- 你喜欢黑夜吗？

喜欢，尤其是灯光灿烂的黑夜

- 黎明呢？

黎明，就得有钢琴和朋友在旁边

- 晚上呢？

对我们来说，都是一样的

- 想给女人什么建议？

去爱

- 给少女呢？

去爱

- 给孩子呢

去爱

这是皮亚芙接受记者采访时说过的话。

可能有人还不认识她，但是如果我提醒一下——《盗梦空间》里，主演们只要一戴上那只耳机，那里面传来的有力而浪漫的声音，就是皮亚芙的，看过电影的人可能就会有印象了。

皮亚芙（Edith Piaf, 原名 Edith Gassion），1915 年 12 月 19 日出生在巴黎。她的母亲在一个路灯下生下了她。她的父亲是一位街头杂耍艺人，母亲是个歌剧团的演员。他们一家都是有着流浪的血统的艺人。

第一次世界大战爆发之后，她的父亲应征从军，母亲只能在街头卖艺讨钱来养活自己和女儿。但是战争期间，人人难以自保，谁还有多余的钱给一个艺人呢？所以，连自己也养不活的母亲就把她送到了乡下，把她交给了奶奶。

在乡间，皮亚芙和奶奶一起生活，度过了几年阳光灿烂的日子。

乡下远离战争，只有明亮的阳光，繁茂的植物，和向空气中散发芳香的野花。奶奶在田间干活，她就在树林和荒野里游荡。

但是，有一天，一个满面沧桑的男人出现在她的面前。

他是她的父亲。

他说，战争结束了，他来带她回巴黎。

幸福的生活结束了。

回到巴黎，小小的皮亚芙加入了父亲的流浪艺人艺术团，为了生活，他们的草台班子在法国流浪，四处表演，当父亲在台上表演的时候，她就拿着帽子，伸向四周的观众……

生活非常艰难。她的父亲因为生活不顺，对她很凶。

最先发现她有一副好嗓子的，是团里一个叫 Simone 的女人，也是她的好朋友。等皮亚芙长得再高一点的时候，Simone 有一天就拉着她一起上台了。

走到台上，皮亚芙并不紧张和胆怯，她喜欢那种对着大家唱歌的感觉。

渐渐地，她也成了戏班子里的一员。

十五岁的时候，皮亚芙决定离开父亲，独自去巴黎闯荡。

她到了巴黎，就站在大街上唱歌，用令人心碎的声音演唱一些多年流传在民间的沉重歌谣。

十七岁那年，她在街上唱歌的时候，认识了另一位在街上唱歌的男人 Louis Dupon，后来，他们就发现彼此总是不约而同地出现在同一条街区，他们注意并欣赏彼此的歌声，两个孤独的灵魂难以控制地越走越近。

一年以后，皮亚芙生下了一个小女孩，她给她取名字，叫 Marcelle。

那时，她自己也才十八岁，有了孩子，生活更加艰辛，加上她并不知道该怎么照顾小孩，可怜的 Marcelle 还没有活到两岁，就因为脑膜炎而夭亡了。

女儿去世以后，两个流浪人的爱情，也就不了了之了……

过了十八岁的皮亚芙已经不再长个了，她只长到了一米四七。这个身高，让她很难去考取巴黎的艺术团，她就只能继续一个人在大街上卖唱。她曾以为，这就是她一生的归宿和选择了……

直到有一天，她来到巴黎的香榭丽舍大街，在路灯下，拉紧大衣，围好围巾，把帽子放在地上，开始唱歌。

一些路人，停下来了。他们愿意放

弃匆匆赶路的时间，来听她的歌。

　　这些人中，有一个即将改变她一生的男人。他叫 Louis Leplée，是巴黎的一家酒吧的老板。

　　他被她的嗓音迷住了。

　　等她唱完之后，他上前去问她，愿不愿意去他的酒吧唱歌。

　　皮亚芙当然愿意。

　　皮亚芙到了香榭丽舍大街上最繁华的一家酒吧，正式拥有了"Piaf"这个艺名。

　　在法语里，"Piaf"是小鸟的意思。

　　Louis 给她取这个名字，是因为她唱歌好听，还因为她身材太娇小，就像一只可怜的小鸟。

　　Louis 对皮亚芙欣赏有加，1936 年，他出钱为她录制了第一张唱片《乡下姑娘》。

　　但这张唱片问世没多久，Louis 就被人谋杀在家里！

　　Piaf 因为和他关系亲密，被警察带走问话……

　　那段时间，媒体各种说法都有……

　　皮亚芙还来不及在意他们说什么，她完全沉浸在失去一个朋友的悲痛之中。

　　皮亚芙离开了那家酒吧。

　　走投无路之际，一位经常来看她演出的男人 Raymond Asso

来找她了。Raymond 是一个冒险家，他拿出请作曲家专门给她写的歌给她看，让她相信他，他是真诚地想帮助她。

皮亚芙喜欢那首叫《我的荣誉勋位获得者》的歌，她接受了他的帮助。

Raymond Asso 极富口才，他亲自出马，说服了当时的巴黎大剧院的经理，劝说他们和皮亚芙成功签约。

那时皮亚芙只有二十三岁，她一在巴黎大剧院登台，就大获成功！

Raymond 不但帮助皮亚芙铺好艺术的道路，还在生活细节上给她指导，他给她买衣服，教她如何装扮自己。

很快，皮亚芙就不是那个乡下来的女人了。

当厚重的猩红色的大幕布缓缓拉开，聚光灯照射下来，站在观众面前的，是一个性感又稍微带一点孩子气的固执女人，她的头发卷曲，嘴唇猩红，唱歌时手臂轻轻弯起，严谨而优雅。

成为巴黎的明星之后，皮亚芙出演了电影导演 Jean Limur 的《不受管束的女人》，这部电影，获得了很高的票房。

25 岁时，她与一位叫 Paul 的喜剧演员同居了。

Paul 教会了她演话剧。他们还一起演过电影。

二战期间，皮亚芙受到德国人的警告，不允许她与犹太音乐家合作演出。但她没有畏惧警告，坚持演出。

当她 30 岁的时候，一个来巴黎闯荡的毛头小子 Montand 闯入了她的生活。

她不顾一切地爱上了他，把他的幸福和前途看得比自己还重要。

虽然她平时在外是明星，前呼后拥，有时还会顽固刁钻，但是

在爱人面前，她却那么温柔，是个十足的小女人，哪怕她比他年纪大很多很多。

由于有着相似的生活经历，她尽可能地帮助 Montand。她把自己的制作团队介绍给他，还请给自己写歌的作曲家，为他写歌。她还带着他一起去演电影。

在这段时间，皮亚芙写了一首歌——《La vie en Rose》，写出来以后，她拿给朋友们听，大家都认为太超前，所以，她就把它收起来，雪藏了一年之后，才拿出来唱。

她没想到，它竟然会成为她最有影响力的一首歌，在后来，几乎成了法国香颂的代名词！

就在 Montand 的事业有了起色，唱片获得 100 万张销量的时候……他们分手了。

这也可以理解，原因只有一个：Montand 比她年轻！

《La vie en Rose》到如今，有上百个版本了吧，但是我最喜欢的，就是皮亚芙和 Montand 唱的。

1947 年，皮亚芙决定去美国演出。演出完之后，她决定留下来，因为她又恋爱了。这一次，恋爱的对象不是艺术家，而是著名的拳王 Marcel Cerdan。

在电影《玫瑰人生》里，Marcel 请她吃炖牛肉，她本来是不爱吃炖牛肉的。

　　很多年以后，有记者采访她，问她喜欢吃什么，她的回答是：
炖牛肉。

　　和 Marcel Cerdan 的恋爱，也许是最难忘的，她为他写了一
首香颂《L'hymne à l'amour》，这首歌，同样成为她的经典
之作。

　　　头上的蓝天会崩塌
　　　脚下的大地也会陷落
　　　有什么关系，只要你爱我
　　　全世界都与我无关

　　　就算爱毁灭了我的清晨
　　　尽管我的身体在你的手掌下颤抖
　　　这些都不是问题
　　　我的爱，只要你爱我

　　　.

我可以流浪世界尽头

我可以把头发染成金色

如果你这样要求

我会去摘月亮

甚至偷窃

如果你让我这么做

.

背弃我的祖国

远离我的朋友

如果你希望我这么做

人们尽可以来嘲讽我

我什么都能做

如果你要求

.

如果有一天，生活把你从我身边剥夺

如果你死在远离我的他乡

也没有关系，只要你爱我

因为我也会死

而"我们"会永恒

在所有广阔天际

我的爱，请相信我们彼此相爱

上帝把相爱的人安排在一起

不幸的是，就在这首歌写出来不久，1949 年 10 月 28 日，Marcel Cerdan 突然因为空难而离世。

我还记得看皮亚芙的传记电影画面：当这个消息传来时，她不由自主地踉跄，脸上那种绝望崩溃的表情。

永失所爱，天人永隔。

此生此世，永不再见。

她走向舞台，高昂着头，唱写给他的歌，唱得浑身颤抖，直到晕厥。

幕布缓缓拉上。

她的有生之年，一直没有从这件事的阴影中解脱出来。因为这件事，她成了一个宿命论者，陷入了扭曲纠结的深渊。

面对挚爱，她敢抛弃一切，并且是一次又一次的。

在那些年，她爱过不少的男人，但他们总是主动出现，然后就会迅速地离开。没有人会一直留在她身边。

而她，是一个多么需要爱的女人！

她开始喝酒，和沉迷于毒品，这些东西，可以让她暂时缓解孤独，却严重地损害了她的身体……

1952 年 7 月，她与歌手 Jacques Pills 举行了婚礼。她和他一起去美国巡演，媒体纷纷报道，她的事业达到了顶峰。

但这时的她，已经很不快乐，因为接连遭遇车祸，她的身体已经越来越差，

她越来越害怕出门，1953 年到 1954 年间的好几个月，她都选择不出家门一步！

1961 年夏天，皮亚芙接过了法国颁给她的"终身成就大奖"。同时，她认识了她生命中最后一个男人——希腊歌手 Theophanis Lamboukas，他陪她度过了人生最后的一段时光。

1962 年 9 月 25 日，她在巴黎埃菲尔铁塔下演唱了《Le Jour le plus long》。人们送给她的鲜花，让她抱也抱不住。

她最后一次在奥林匹亚的舞台演唱，有人告诉她，Montand 也来了。

她高兴地说：哦？他也来了？

但她没有去见他。

她老了，她的背，越来越弯，她的头发，越来越稀少，她的手，越来越颤抖。

她成了一个干瘪的老太太。

1963 年，她觉得需要休息了，就选择了回到法国南部的乡下。

在那段时间，在病痛和恍惚之间，她经常会想起颠沛流离的小时候，她路过的一个小橱窗，里面有个小娃娃，她看见父亲把那只

娃娃递给她，一言不发地看着她……

10 月 11 日，她离开了人间。

一个倔强，自我，孤独，命运多舛，一再失去爱，仍然一再相信爱的女人消失了。

她真实地活过，有过灿烂的人生。

这就是最重要的了。

Non, je ne regrette rien
不，我一点都不后悔

Non! Rien de rien ... 不，没什么

Non ! Je ne regrette rien 不，我一点都不后悔

Ni le bien qu'on m'a fait 无论人们对我好

Ni le mal tout a m'est bien égal ! 或对我坏，对我来说全都一样

Non ! Rien de rien ... 不，没什么

Non ! Je ne regrette rien... 不，我一点都不后悔

C'est payé, balayé, oublié 已付出代价了、一扫而空了、遗忘了

Je me fous du passé! 我不在乎它的逝去

Avec mes souvenirs 对于过去的回忆

J'ai allumé le feu 我付之一炬

Mes chagrins, mes plaisirs 我的忧愁，我的欢乐

Je n'ai plus besoin d'eux ! 我再也不需要它们

Balayés les amours 扫却那些爱恋

Et tous leurs trémolos 以及那些颤抖的余音

Balayés pour toujours 永远地清除

Je repars à zéro ... 我要从零开始

Non ! Rien de rien ... 不，没什么

Non ! Je ne regrette nen ... 不，我一点都不后悔

Ni le bien, qu'on m'a fait 无论人们对我好

Ni le mal, tout a m'est bien égal ! 或对我坏，对我来说都一样

Non ! Rien de rien ... 不，没什么

Non ! Je ne regrette rien ... 不，我一点都不后悔

Car ma vie, car mes joies 因为我的生命、我的欢乐

Aujourd'hui, ca commence avec toi ! 从今天起，要与你一起重新开始！

埃迪特·皮亚芙

Edith Piaf   1915.12.19—1963.10.11

法国最受人喜爱的歌手之一。被人们尊称为香颂女皇，曾创作经典歌曲《玫瑰人生》。她富有传奇性的一生，印刻了：为活而唱，为爱而生。

潘玉良

总是玉关情

潘玉良有两枚最钟爱的印章，一枚是"玉良铁线"，一枚是"总是玉关情"。每当有得意之作，她就用第一枚印章；如果是与中国有关的作品，她就签上第二枚印章。

前几年，我在编辑一本画册的时候，看到她的油画，当时很震撼。她的画，气韵生动，色彩浓艳，像凄凉的胭脂，她是那么会用颜色，把它们用得浓烈又凄苦。

后来去找她的经历来看，发现她是那样传奇的人物，少年漂泊，沦落风尘，尝尽人间凄苦。正当走投无路之时，遇到了改变她一生的男人……

她似乎就是为艺术而生，所以，命运会照顾她，总是在需要的时候，送上帮助她的人……

她是那么不幸，又是那么幸运……但是，你能说她的人生是美

好的吗？真的不能这么说。

她那样一个才华横溢的女人，却远走异乡，做了一个"三不女士"。她这一生，只嫁了一个人，在法国生活了几十年，最后死在那里，最后的日子里，她惦记的，也是把她的爱情信物带回中国去……

1895 年，潘玉良出生在扬州古城的一个贫民家里。

不到一岁，她的父亲去世了，两岁时，姐姐去世。八岁时，与她相依为命的母亲也不幸离世。

孤苦伶仃的潘玉良住进了舅舅家里。

她的舅舅是一个可怕的赌徒，在她十三岁那年，为还赌债，竟把她骗到芜湖，卖给了怡春院。

当了雏妓的潘玉良不断逃跑，但又被抓回来，绝望的她选择上吊自杀，但又被人救了下来。

最后潘玉良选择了向现实屈服，但是她心里还有最后一丝信念：

我会离开的！一定会离开这里的！

十七岁那年，脱俗清秀的潘玉良，被带到了一个宴席上，宴席的主位上，坐着当时海关总督潘赞化。面对着一大桌献媚谄笑的富商和官员，她坐在角落，拨响琵琶，唱了一曲《卜算子》：

"不是爱风尘，似被前缘误。

花落花开自有时，总赖东君主。

去也终须去，住也如何住？

若得山花插满头，莫问奴归去。"

把这首歌唱得辛酸悲凉的女子，打动了潘赞化，他曾经留学日本，参加过辛亥革命，是响当当的风云人物。

　　他仔细看着十七岁的潘玉良，问她："你唱的是谁的词？"

　　潘玉良答："南宋天台营妓严蕊。"

　　潘赞化暗暗赞叹眼前的歌伎，不但人长得清秀，歌唱得不错，还懂点学问。

　　当晚，潘玉良被急切想巴结总督的老鸨送进了潘家，但是第二天，潘赞化出人意料地约她出去走了走，然后礼貌地把她送了回去，分别之际，还送了她一包银子。

　　那一天，潘玉良第一次体会到男人的呵护和善意。

　　第二天，潘赞化又约她出去，在湖边散步。

　　在轻风的吹拂下，潘玉良感受到自由的气息，她忘记了自己的身份，只是和这个让他敬仰的男人并肩，在如画的风景中行走……

散完步，潘赞化又要把她送回怡春院的时候，潘玉良突然"扑通"一声跪在了他的面前。

她流着泪，恳求潘赞化留下她。

可能连她自己都不清楚，那一跪，将如何改变她的一生。

她的这一跪，她流泪的样子，打动了潘赞化。

那天，潘赞化留下了她，并且让她睡在自己的卧房，自己住在了书房。

从此，她不用再回怡春院了。

第二天，潘赞化给她带来了一套小学课本，开始教她读书识字。

这个男人把她从妓院赎出来，并不是要她做一个仆人。

潘赞化说，你现在自由了，你想去哪里，都可以去。

潘玉良再次流着泪说，她哪里也不去，她想留在他的身边。

看着这个比自己小十二岁的可怜女人，潘赞化的心化成了水，他怎么能不了解她的心呢？如果他不曾被她打动，他又怎么会做这一切呢？

他更不知道，这个在自己面前泪流满面、楚楚可怜的女人，将来会成为名扬全世界的女画家。

1913 年，潘玉良和潘赞化结婚了，陈独秀是他们的证婚人。新婚之夜，她改张（此前叫张玉良）姓潘。

婚后不久，潘玉良和潘赞化来到上海定居。

潘赞化聘请了一名教师，每天给潘玉良上课，潘玉良专心学习，脱胎换骨。

　　他们的邻居，是当时上海美术专科学校的教授洪野，潘玉良经常平心静气地站在洪野的窗外，看他画画。看完之后，就自己悄悄地回到家里照着记忆模仿。

　　有一天，洪野去潘家做客，见到了潘玉良临摹自己的画，他激动地睁大了眼睛：这可是一个完全没有接受过美术教育的人啊！怎么能画出这么好的东西？

　　洪野马上给潘赞化写了一封信："贵夫人在美术感觉上，表现出惊人的悟性和敏锐……我高兴地向您宣布，我要正式收阁下的夫人做我的学生，免费教授美术……"

　　从此，天资聪慧的潘玉良开始和洪野学习绘画。

　　1918年，潘玉良忐忑不安地报考了上海美术专科学校。

　　专业考试，她名列前茅，但是学校放榜的时候，她却没有发现自己的名字。

原来，学校的人知道她的出身，不敢录取她。

洪野知道后，愤怒地拿着她的画去找美专的校长刘海粟，他激动地说："艺术，不应该用出身作为取舍准则啊！"

刘海粟听完之后，立刻拿起一支笔，来到榜单前，在上面写下了"潘玉良"三个字。

洪野高兴地跑去找潘玉良，却发现她不在家。

此时，潘玉良正一个人站在河边流泪……

听见有人喊她，她回头一看，原来是洪野，还有美专的刘校长。

"玉良，玉良！你被正式录取了！"

潘玉良的眼泪，再次决堤，这一次，她是高兴地哭了。

进入上海美术专科学校后，潘玉良刻苦地学习。可是在画人体素描的时候，遇到了瓶颈，因为坐在课堂上的裸体模特儿，总是让她找不到感觉……

有一天，她到学校浴室洗澡，在雾气腾腾的浴室里，看到裸体的女同学影影绰绰……

她马上跑回宿舍拿来纸和笔，在哗哗的水声中作画。那一刻，她灵感飞舞，下笔如有神助……

但是，她在浴室作画，被一个女生发现了，大家一拥而上，要抢掉那张画，她狼狈地逃出了浴室。

这件事情，在学校闹开了，校长不得不把她请过去批评。

于是，她只能选择在自己的家里，脱掉衣服，坐在镜子前，自己画自己。

在一次师生联合的画作展览会上，潘玉良展出了以自己做裸体模特儿的习作《裸女》，一时间，全校又轰动了。

校长又不得不再次召见了她。面对她的才华和大胆，刘海粟真的不忍心再批评她，他想了半天，才开口说："玉良，要在国内画西画，受到的限制很多，毕业后，你去欧洲吧！"

那天以后，刘海粟真的就给潘玉良请了一位法语老师。

在今天看来，这样的校长，多么难得！潘玉良，你是多么幸运啊！

1922 年，潘玉良从上海出发，坐船去法国了。

站在船上，浪花翻腾，要去向那么一个遥远陌生的国度，潘玉良，那一刻，你是什么样的心情？

到达法国以后，潘玉良先在里昂美专学习；1923 年，又转学到巴黎国立美术学院。

在法国，她认识了徐悲鸿、邱代明，他们一起在巴黎参观博物馆，在塞纳河边散步……两年后，潘玉良得到罗马国立美术学院绘画系主任康罗马蒂的赏识，成为那里的第一位中国女画家。

1928 年，她学完油画，又开始学习雕塑。

这时候，在国内的潘赞化并不顺利，他丢掉了官职，自身难保，更是没钱给潘玉良寄留学的费用……

1929 年年初，潘玉良已经连续四个月没有收到家里的费用了，她经常饿着肚子去上课，身体虚弱得连路都走不稳，眼睛也看不清楚了。

就在这时，她幸运地收到了欧亚现代画展委员会给她的汇款，上面说："潘玉良女士，祝贺你的油画《裸女》获得三等奖，附上奖金五千里尔。"

这笔钱，帮助她顺利地在巴黎念书，直到毕业。

毕业之后，潘玉良回到上海，在上海美术专科学校任西画系主任。

她在上海举办了"中国第一个女西画家画展"。这次画展热闹空前，共展出了二百件作品，很多参观者慕名而来，取得了极大的成功。

潘玉良事业刚起步，日本侵华战争爆发了。抗战期间，潘玉良积极地投身于美术界的义展义卖活动。

1936年，她在自己的第五次个人画展中，展出了大型油画《人力壮士》，一个裸体的中国大力士，双手扳掉一块压着小花小草的巨石。这幅画，表达了她对抗日英雄的敬意。当时的教育部长王雪艇看到之后，当场就提出来要买它。可是让人想不到的是，在画展闭幕的那天晚上，《人力壮士》被人划破了，边上还贴了张字条："妓女对嫖客的颂歌！"她的展厅也被破坏得乌七八糟。

　　干这件事的人，据说是潘赞化的原配夫人……

　　悲哀涌上潘玉良的心头。不管她取得怎样的成就，她的过去，永远是别人指责她的理由！

　　1937年，潘玉良选择了离开中国，她再次去了巴黎。这一次，她在那里生活了四十多年，一直到死。

　　回到法国以后，她有了一个绰号，叫"三不女士"，她坚持：一、不加入外国国籍。二、不恋爱。三、保持独立，不和任何画商合作。由于她的"三不"原则，她在巴黎生活得并不富裕。她住在一个常年漏雨的小阁楼上，生活清苦，留着短发，大声说话，不拘

小节。她要么一天到晚在家作画，要么在塞纳河边和一群艺术家在一起喝酒。

1959年9月，她获得了人生最大的荣誉——巴黎大学多尔烈奖，是获得巴黎大学此项奖励的第一个中国女人。

1960年，潘赞化在安徽病逝，潘玉良悲痛欲绝，但她没有回国。她只是又一次在心里默默感谢那个改变她一生命运的男人。

总有一个人要先走。

老年的潘玉良，在塞纳河边一个人散步。

充满才情的人，最后，都是那样孤独。

可是，谁愿意做漂泊一生的异乡人呢？

1949年以后，潘玉良给国内的校友写信，说希望能回国，但是还没来得及办好手续，"文化大革命"爆发了，她没能回来。

1977年7月22日，潘玉良去世了。

临终前，她嘱咐朋友三件事情：

1. 死后一定要给她换上旗袍。

2. 一定要将她当年与潘赞化结婚时的项链，带回去，交给潘赞化的后人。

3. 她在巴黎的作品，将来一定要运回中国去。

1983 年，潘玉良在法国巴黎博物馆保存的三千余件艺术作品，被完整地运回中国，收藏在安徽省博物馆。

2007 年冬天，我路过巴黎，很想去看看她的墓地，但是因为行程紧张没有去成。

如果有一天，你去巴黎，请记得去六区的蒙帕那斯公墓，在她的墓前，放上一枝鲜花。

潘玉良

　　身世传奇的女画家、雕塑家。1921年公费赴法留学，进了国立美专，与徐悲鸿是同学。1923年进入巴黎国立美术学院，是东方考入意大利罗马皇家画院的第一人。

郑苹如

枪炮与玫瑰

郑苹如相信了他的话。

但他并没有保护过她。

1939 年 12 月 21 日，夜幕降临时分，上海静安寺路的一家皮货店门口，响起了一阵枪声。

喧闹的大街陷入混乱。

就在枪响的前一秒钟，一个中年男人从皮货店里狂奔出来，直奔对面的一辆黑色别克轿车，几乎与枪声响起同一瞬间，那人扑进了车门，汽车飞速开走……

这样的场景，可能有人会觉得有点熟悉，如果你看过电影《色戒》的话。

第二天，上海的各种报纸，都刊登了这起枪击案。

"丁默邨在沪被刺。"

"生死不明。"

那个跳进黑色汽车的男人，确实是丁默邨，不过，那辆车是装了防弹玻璃的，所以，他没有受伤。

丁默邨是谁呢？

他是电影《色戒》里梁朝伟演的角色的原型，汪伪集团头号特务头子，也是令人闻名变色的杀人魔窟特工总部主任。

丁默邨是一个城府极深、低头走路、沉默寡言的人，很少有人能看到他的笑脸，

当时在皮货店里，还有一个人，丁默邨当时的女友。

他们交往已经有几个月了。

那天，丁默邨和女友在一起吃晚饭。

吃完饭后，女友对丁默邨说："圣诞节快到了，你送我一个什么礼物？"

丁默邨问她要什么，她说想买件皮大衣。

丁默邨

他们就到了那家皮货店。

丁默邨让女友尽情挑选，自己在店里闲逛。

突然，他看见橱窗玻璃有两个人正在盯着店里看，这两个人，在他们进门的时候，就一直在那里，他们手里还分别拿着一个用报纸包起来的东西。搞特工的丁默邨人警觉性极高，这个晚上警惕到从不睡在卧室的人，马上从一扇门冲出去，扑上车去，果然，他一上车，枪声就响了。

车越开越远，坐在车里的丁默邨浑身冷汗，脑子里只有一个念头：

"她要杀我！"

她，就是郑苹如。《色戒》里，王佳芝的原型。

这样美丽的一个女人，很难让人把她和"一个杀手"结合起来。

郑苹如的父亲是中国人，母亲是日本人。她十六岁那年跟随家人从日本搬回到中国，住在上海，进了法政学院念书。

"那时候，来我们家提亲的人，不可胜数。

在众多的追求者中，郑苹如喜欢上了一个叫王汉勋的空军军官。

王汉勋高大英俊、敏捷潇洒。曾在意大利进修驾驶各种类型的飞机。

在一次聚会上，他们经人介绍相识了。

在热恋的时候，郑苹如亲昵地唤王汉勋为"大熊"。

十九岁时，郑苹如成为了上海《良友》画报的封面女郎。

就在这一年，抗日战争爆发了。

尽管母亲是日本人，郑苹如和父母以及兄弟姐妹都站在抗战立场上，她和姐姐拿出自己积攒的钱，去印刷抗日传单，上街散发和做演讲。

就在一次与抗战人士的聚会上，一个叫陈宝骅的男人相中了她。

陈宝骅是中统局驻沪专员，当郑苹如一走进宴会的地方，顿时光彩夺目，他一眼就认出她就是前不久《良友》封面上的那个女孩。

陈宝骅上前和她搭讪，得知她还有过在日本生活的经历，会讲日语，还有激荡的爱国热情，就立即向郑苹如发出了一个邀请，邀请她"加入一个更好地报效国家的团体"。

在从小就在父亲"为了国家，什么都可以牺牲"的教育下成长的郑苹如，就这样加入了中统，当了一名女间谍。

她完全凭借自己的一腔热血。

她没有填任何表格。

没有受任何间谍训练。因为中统需要利用的，就是她的美色而已。

对自己背后的"中统"，她所知甚少。

这份"一无所知"，让她在被捕后，被中统的人抛弃，没有人营救她。

因为有一张美丽的面孔以及半个日本人的身份，还会说流利的日语。郑苹如当上了日军的播音员，自由地出入日军的机关部门，融入侵华日军驻沪各机关的中上层交际圈，得到了大量的机密。

当间谍的事情，"大熊"并不知道，他因为公事，经常待在香

港，但他每天给郑苹如写信。

王汉勋曾经两次写信给她，希望她能去香港与她结婚。

但郑苹如无法脱身，她很想嫁给他，但是又无法告诉他暂时不能去香港的理由。

夏秋之交，郑苹如出现在丁默邨的办公室。

她有一项新的任务，那就是暗杀丁默邨。

为什么要让她来做暗杀的诱饵呢？

原因有两个，第一是丁默邨好色，虽然已经患了严重肺病，瘦弱得不行，却仍仰仗春药与漂亮女子鬼混。第二，因为丁默邨曾当过民光中学的校长，郑苹如曾经在那个学校读过书。所以，怎么也拉得上一点师生关系。

郑苹如经日本人介绍，见到了丁默邨。

第一次见面，明目皓齿的郑苹如就让丁默邨为之倾倒。

他们开始频频约会，她被丁默邨安排为秘书，游刃有余地陪他穿梭在各种交际场合，在取得了丁默邨的信任之后，她开始实施行动。

遗憾的是，这次行动没有成功。

其实，郑苹如在实施这次行动之前，就已经被人出卖，长期处于被监控之下了，只是她与中统的上级毫无知觉。

刺杀行动失败了之后，郑苹如躲到了上海虹口一个秘密的地方。

她打电话给日本军方的朋友寻求庇护。

日本朋友安抚她说："你放心，我们会对你不离不弃，请保持联系。"

郑苹如相信了他的话。

但他并没有保护过她。

她又打一个电话给丁默邨，观察了一下丁默邨的反应。因为那天去买大衣，是她临时提出来的，也许他抓不到破绽。

她希望还有机会再次接触丁默邨。

丁默邨接了她的电话后，语气平稳，并和她约了见面的时间和地点。

她想好了，这次见面，要亲自向他开枪。

12月25日，吃了饭，郑苹如带了一把手枪出了门。

她有执着的个性，已抱定决心，拼命去了。

单纯的她哪里知道,四辆车和二十几个特务已经在那里等着她。

郑苹如被捕了,被关进了监狱。

她在被审讯的时候,始终不承认暗杀丁默邨,只说是因为他移情别恋,才雇凶情杀。

有狱友要出去了,她从报纸上撕下一张纸,在上面写了几个字:

"爸爸:我很好,请放心! ——苹。"

这是她给家人最后的话。

自从郑苹如被捕以后,指挥她的上级全都销声匿迹了。

她却始终没有透露一点关于上级的信息。

因为她一直不肯妥协,丁默邨亲自下令执行她的死刑。

走出监狱的那天,郑苹如穿上了一双橘色的靴子,还洒了点香

水。

她上了车，车上坐着枪手和日本宪兵。

经过上海繁华地方，她留恋地看着窗外的每一幕风景。

车驶向了郊外，靠近刑场时，她哭了。

她才二十三岁啊。

"当来到一座凄凉的红土山包上时，苹如发现距路边不远的地方，有一个新挖完的深坑。对一切都死心断念了。她虽然还在抽噎着，但还是顺从地从车上走下来。当最后问她'还有什么要说的吗？'苹如用上海话简短地回答说：'不要打我的脸，我不希望脸上有枪伤'"。

——曾参与行刑的人这样回忆

郑苹如殉难后，她的家人还在一直想办法营救她，根本不知道她已经离世了。

过了好几年，女儿殉难的消息才传来，但是，具体日子、地点、遗言、遗体在哪里，都不清楚。

在她牺牲后，他的父亲和弟弟也相继为抗战而牺牲。

由于郑苹如以身报国的内幕在很长一段时间内，都不为外界所知，她的母亲和妹妹还因为她是"汉奸情人"而长时间备受谴责。

远在空军基地的王汉勋，知道了她"病亡"的消息，悲痛欲绝，他说：

"我不相信她死了，宁可她是变心爱上了别人，也希望她好好地活着。"

四年以后，王汉勋驾驶飞机运送军需物资，因天气恶劣，飞机撞山身亡。

郑苹如（1918—1940）

民国名媛，中日混血儿。上海第一大画报《良友画报》封面女郎。上海沦陷后，她秘密加入中统，利用得天独厚的条件混迹于日伪人员中获取情报。后参与暗杀日伪特务头子丁默邨，因暴露身份而被捕。1940年2月，她被秘密处决于沪西中山路旁的一片荒地，连中三枪，时年二十三岁。

伍尔芙

优雅与癫狂

"我确信我又要疯了。我感到我们不可能再经受住一个可怕的精神崩溃时期，而这一次，我再也不会复原啦。我开始耳鸣，思想不能集中。因此，我将采取一个似乎是最为恰当的行动……"

——伍尔芙的遗书

有一天我起得很早，随手翻开了伍尔芙的书，看到她写的一个演讲稿，叫《女人的职业》，讲她的写作生活。

她说她的写作，第一，就是要和一个"房中的天使"做斗争，"房中的天使"是她写作时候的大敌，因为它是人的惰性和惯性，会让人觉得轻松舒服，但是"从来没有自己的想法、愿望，别人的见解和意愿她总是愿意赞同……"

伍尔芙说，要战胜"房中的天使"就是"摆脱虚伪"……

啊！说得多好！我自己也深有体会，当想写个什么的时候，"房中的天使"就出现了，它让我脑子里第一出现的就是常用的那几个词语句子，和经常使用到的观点……这样写出的东西，很乏味……

伍尔芙还在这个讲稿里讲了写作时候的美妙状态：坐在椅子上，等待灵感的光临：

"就像一个渔夫在幽深的湖边悄然入梦，手里的鱼线静静地躺在水里……

"突然，灵感降临，她从无意识状态中蓦然醒来，塘水一片飞珠溅玉……"

努力尝试过写作的人，恐怕都能从这篇讲演里找到点相同的体会……那种感觉，艰苦，又美妙……

弗吉尼亚·伍尔芙，英国意识流文学的代表者，她的一生都在优雅和疯癫之间游走。年轻时美得惊人，秀美的鼻梁，深凹的眼眶，穿一袭黑色的长裙，表情镇定，眼光深邃。看照片，谁也不会想到这样一位美丽的作家竟然会患上不可治愈的精神病。

这张照片是1902年照的，当时她二十岁，真是美啊！但是从这张照片里，我们已经可以看到了她的内心，就像是一个镜子两面，一面明亮，一面黑暗；一面冰凉，一面滚烫；一面是写作，一面是毁灭……

伍尔芙出生在一个九口之家，父亲是一位文学评论家，严重地重男轻女，所以终其一生都没有给伍尔芙受正规教育的机会。更可怕的是，伍尔芙同母异父的两位兄长，在她年幼时，对她进行过性骚扰，这样的经历更是带给她永久的精神创伤。

然而，伍尔芙又很幸运，因为父亲是文学评论家，所以，家里有很多藏书，当父亲外出时，她就天天泡在父亲的书房里，阅读大量的文学作品。而且她有惊人的记忆力，看起书来，就像是"把书吞了下去"。

当时英国大名鼎鼎的作家托马斯·哈代、乔治·梅瑞狄斯，哲学家赫伯特·斯宾塞，跟伍尔芙的父亲是好朋友，所以经常出入她的家，在他们谈话时，伍尔芙就在旁边静静地待着，她的父亲想不到，这个小小的从未得到自己重视的女孩，正在无声无息地领会他们的智慧，她正在一点一点地成长。

1895 年，伍尔芙的母亲去世，她第一次精神崩溃。

伍尔芙的第一任丈夫斯特雷奇是一个同性恋，两个人结婚不久就离婚了。

伍尔芙和斯特雷奇相互承诺，即便离婚，也要做一生的朋友。

他们的确做到了。

离婚以后，斯特雷奇仍然关心她、惦记她，并为她寻找一个可以真正照顾她一生的人。

经过他的寻找和推荐，伍尔芙认识了另外一个男人，这个男人就是政治学家伦纳德。

"我自私、嫉妒、残酷、好色、爱说谎，或许我比我说的自己还要糟糕。因此，我曾告诫自己永远不要结婚。这主要是因为，我觉得和一个不如我的女人在一起，我无法控制我的这些恶习，而且他的自卑和驯服会逐渐地使我更加变本加厉……正因为你不是那种女性，就把这种危险无限地减少了。也许你就像你自己说的那样，有虚荣心，以自我为中心，不忠实，然而，它们和你的其他品格相比，是微不足道的。你是多么聪明、极致、美丽、坦率。此外，我们毕竟都喜欢对方，我们喜欢同样的东西和同样的人物，我们都很有才气，最重要的还有我们所共同理解的那种真实，而这对于我们来说，是很重要的。"

这是伦纳德写给伍尔芙的信。当他得到伍尔芙的回应之后，他毅然辞掉了在斯里兰卡的工作，回到英国。

伍尔芙三十岁的时候，与伦纳德结婚了。这是她人生中最幸运的一件事情。

1915年，她的第一部小说《远航》出版。

伍尔芙绝对不是一个好妻子，她会在做

饭时把婚戒掉在猪油里；参加舞会时，把衬裙穿反；而且，她非常厌恶性生活，更不愿生儿育女，她不可救药地依恋着姐姐瓦奈萨，甚至和姐夫克莱夫调情。她每一部作品完成后，都会陷入短暂的疯癫……

这些让世俗和世人不能理解和容忍的，都不怪她，因为她是一个病人，她自己也不愿意这样。

还好伦纳德坦然接受了妻子的一切，他欣赏她的才华，心甘情愿地陪伴她，忍受了二十九年的无性婚姻生活，并放弃了生养孩子，承受着伍尔芙和其他女人的暧昧绯闻，细心地照料她，在她一次又一次疯癫的时候，关住她，抱住她。

1930 年，伍尔芙告诉一位朋友——如果没有伦纳德，她可能早就开枪自杀了。

在和伦纳德相遇、结婚之后，伍尔芙写出了大量作品。她的作品一直在探索和寻找女性问题的答案，有人称她的意识流小说《墙上的斑点》《出航》《到灯塔去》《达洛卫夫人》等，是"女性的心灵史"。

伍尔芙在作品中，一再鼓励人们阅读，她在一篇《阅读时光》的随笔中说：

"我们看到许许多多书籍问世，也有人说现如今人人都能写作。然而，在这一堆滔滔不绝的语言的洪流与泡沫中，在这些洋洋洒洒

237

庸俗浅薄的作品中，还存在着某种伟大的如火的热情，只要有一个大脑碰巧比别的大脑更高兴地转动，就能产生出流传百世的作品。"

即便近百年过去了，在这个物质的时代，看到这样雅致精妙的文字，我的心，仍然受到鼓舞。几十年前伍尔芙写的话，对现在的作者也是鼓励。

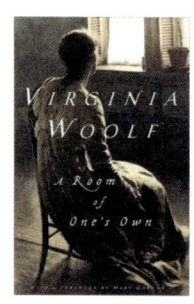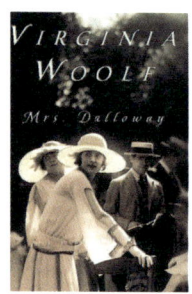

然而，写作是多么痛苦的事情，她心力交瘁，喜怒无常，始终受到间歇性神经衰弱的严重威胁。

她在日记里说：

"很少有人像我这样为了写作百般受苦，我想，只有福楼拜一人而已。"

伍尔芙在写作的时候，长期把自己关在房间里，不迈出去一步。

她不让任何人看她的手稿，除了伦纳德。

不管她写出什么，伦纳德永远是她作品的第一位读者。

这是因为她非常自卑敏感，写出东西来怕给别人看，对别人的评价更是到了神经质的地步，不管别人说什么，她都认为别人在嘲笑和讥讽她。

她放心给伦纳德看。他是唯一不会让她不安的人。

为了让她不再害怕，伦纳德甚至帮助她成立了自己的出版社。所以，伍尔芙的大部分作品，都是自己的出版社出版的。

他甚至悄悄为她藏起所有她能看到的对她的评价，小心翼翼地保护着这个像玻璃一样敏感脆弱的女人……很难想象，和一个有精神病的女人在一起生活了二十九年，他们从来没有发生过争吵。

1913年夏天，伍尔芙精神崩溃，吞服安眠药自杀，伦纳德把她救了回来。

如果那一次，她成功了，很多她后期的作品就不会出现了。

而且，在很长时间之内，外界都不知道伍尔芙患有精神病。伦纳德一直坚守着这个秘密，独自承受。他本来可以公开宣布伍尔芙患上了精神病，但他没有这样做。因为这样做了，伍尔芙会被好奇者纠缠，会被送进疯人院，那是他最不愿意看到的。

在他心里，她不是一个疯子，她是一个作家而已。

第二次世界大战期间，德国空军轰炸英国。伍尔芙出版社的印刷厂被炸毁，紧接着，她在伦敦的住所也被炸毁。

这两次事件让她本来就已经纤细如丝的神经，又一次次地经受惊惧和考验。

她在日记中说：

"炸弹震撼我的窗户。房子会不会倒塌？如果倒塌，我就同归于尽了。"

1942年，伍尔芙写出了人生最后一部作品《幕间》。她在一个郊区的住所写完了它。

在这部小说写到五分之一的时候，她在花园里散步，来到一个清凉的睡莲池塘边，一个女仆过来提醒她，池塘的水很深：十年前，曾有一位贵妇人在这里投水溺亡。

伍尔芙望着那片墨绿的水，很多鱼正在"遨游在以自我为中心的世界里，闪着亮光……"

那就像是一个不祥之兆。

就在《幕间》完成之后的一个月，伍尔芙选择了在自己的口袋里装满了石头，一步一步走进了她家附近的一条河……

那一天是1941年3月28日。在给伦纳德的遗言中她说：

"我不能再毁掉你的生活了。"

一直给她帮助，给她鼓励，爱护她并且保护

240

她的丈夫，最终选择了理解她：有谁经受得住一次又一次的精神崩溃？因为当疯癫和幻听不断地重复来袭时，结束，也许真是最好的选择。

最亲爱的：

　　我感到我又要发狂了。

　　我们无法再一次经受那种可怕的时刻。而且这一次我也不会再痊愈。我开始听见种种幻声，我的心神无法集中。

　　因此，我就要采取那种看来算是最恰当的行动。

　　你已给予我最大可能的幸福。你在每一个方面都做到了任何人所能做到的一切。我相信，在这种可怕的疾病来临之前，没有哪两个人能像我们这样幸福。

　　我无力再奋斗下去了。我知道我是在槽蹋你的生命；没有我，你才能工作。我知道，事情就是如此。你看，我连这张字条也写不好。我也不能看书。我要说的是：我生活中的全部幸福都归功于你。你对我一直十分耐心，你是难以置信地善良。这一点，我要说——人人也都知道。假如还有任何人能挽救我，那也只有你了。

　　现在，一切都离我而去，剩下的只有确信你的好心。我不能再继续毁掉你的生命。　我相信，再没有哪两个人像我们在一起时这样幸福。

维

　　这是她留给世间最后的文字，也是她写给他的最后一封信。

伍尔芙作品：

· 小说

出航（*The Voyage Out*）（1915 年）

夜与日（*Night and Day*）（1919 年）

雅各的房间（*Jacob's Room*）（1920 年）

达洛维夫人（*Mrs. Dalloway*）（1925 年）

到灯塔去（*To the Lighthouse*）（1927 年）

奥兰多（*Orlando: a Biography*）（1928 年）

海浪（*The Waves*）（1931 年）

岁月（*The Years*）（1937 年）

幕间（*Between the Acts*）（1941 年）

鬼屋及其他（*The Haunted House and Others*）（短篇小说集）

· 随笔

一间自己的房间（*A Room of One 's Own*）（1929 年）

普通读者 I（*The Common Reader*）（1925 年）

普通读者 II（*The Second Common Reader*）（1933 年）

三个几尼（*Three Guineas*）（1938 年）

罗杰·弗莱传记（*Roger Fry: A Biography*）（1940 年）

飞蛾之死及其他（*The Death of the Moth and Other Essays*）（1942 年）

瞬间及其他随笔（*The Moment and Other Essays*）（1948 年）

存在的瞬间（*Moments of Being*）

现代小说（*Modern Fiction*）（1919 年）

伍尔芙日记：

· 日子就这样一天天地过去了。

有时，我自问是否被生活迷住了，就像孩子痴迷银色的星球一般，这是否就是生活？生命短暂，绚烂而富于刺激，但也许很肤浅。我想把地球捧在手中，静静地摩挲，它圆圆的，沉甸甸的，就这样捧在我的手中，日复一日。我想要读一读普鲁斯特的作品，反复地读。

· 生活到底是实在的，还是变动的？这两种相互抵触的观点时常困扰着我，生活一直在不断地延续着并将永远延续下去。它触及了现实世界的最底蕴——此时此刻。

还有生命，都是那样的脆弱，如白马过隙，转瞬即逝。

我会像浪尖上的一朵云一样消失。

也许这是因为想到，尽管物是人非，一个接一个地度过短暂的一生，如此短促。然而，我们人类不知怎的竟生生不息，将香火保存至今，但那香火又是什么东西呢？

我对生命短暂的印象太深了，以至于我常常感到在和他人永别——比如与罗杰午餐后；又如我常估算着还能和娜莎再见上几面……

弗吉尼亚·伍尔芙（Virginia Woolf）

英国作家。1882年1月25日 伍尔夫出生于英国伦敦。1941年3月28日用石头填满口袋，自沉于家附近的乌斯河（Ouse），终年五十九岁。她被誉为二十世纪现代主义与女性主义的先锋。

玛丽莲·梦露

有生之年最可贵，活着才最美

I'm selfish, impatient and a little insecure. I make mistakes, I am out of control and at times hard to handle. But if you can't handle me at my worst, then you surely as well don't deserve me at my best.

我自私、缺乏耐心和安全感。我会犯错，也常会面对状况外的事情手足无措、难以控制。如果你能接受我最差的一面，那么你也值得获得最好的我。

　　我有个朋友，特别怕看外国小说，也怕跟人聊国外的影视剧，因为外国人的名字让她很头疼，"马龙·白兰度"被她说成"马兰·白龙度"时，大家就会笑她。

　　有一天，当她翻出一张美女照片，赞叹地对我说："你看，玛丽莲·梦露二十多岁的时候，简直美呆了！"

　　是啊，谁不认识这个被称为"金发炸弹"的经典的标志性的"金发碧眼"女人呢？

　　她不但有美貌，还有令人极度羡慕的身材、要命的气喘吁吁的柔软嗓音，她发明了让很多人学都学不来的"梦露步态"。她的美，男人女人都爱。在死后，她的头像被制成各种版画被人铭记，她的红丝绒裸体照片被印在酒瓶上，甚至有款鸡尾酒也以她的名字命名。

　　但是，如果去找她的传记来看，会发现她并不完美，她有口吃的毛病，而且极度依赖别人，还有家族遗传的精神分裂症和失眠。

　　梦露原名叫诺玛·简·莫泰森，1926年6月1日出生于美国加利福尼亚州。

　　她的母亲格兰戴丝是默片时代雷电华电影公司的胶片剪接工，与很多男人有着风流史，在她怀孕之后，甚至不知道孩子的父亲是谁。因为格兰戴丝是曾经名噪一时的女影星诺玛·泰尔玛芝的影迷，因此她为自己的女儿取名叫诺玛。

　　小梦露生下后就没有父亲，她的母亲也没有能力，甚至不愿意抚养她，所以，母亲就把她送到了洛杉矶西南部的一个领养家庭中，让别人把梦露养到了七岁。

　　格兰戴丝每周六都会去看小梦露，但似乎从未对她露出笑容，甚至都不愿意去拥抱她。有一天，她却突然宣布为小梦露买了一栋房子，就把她接回了家。

　　但是，就在小梦露回家几个月之后，格兰戴丝就经常尖叫或者狂笑，最后因为精神失常进了精神病院。

　　其实，诺玛的外公和外婆也是因为精神失常而死的，这是他们家族的遗传病。

247

母亲死后，她成了孤儿。

格兰戴丝的好朋友格雷斯便成了小梦露的监护人。

梦露九岁时，格雷斯跟自己当时爱的男人结婚了，小梦露又被送到了孤儿院，之后她就像一个行李一样，被人接走，又送出去，又被人领走，又送走，辗转流离，总共进过十二个领养家庭。

颠沛流离的生活，让梦露越长大越沉默。

孤僻的性格，让她早熟。

和其他同样经历的孩子相比，她很少抱怨。

"在领养家庭生活，要比在孤儿院好很多。所以，不管是在哪个人家，我总是非常懂事非常听话，不等大人催，就自己上床睡觉，因为这样做了，大人们会更喜欢我一些。"

　　在她很小的时候,就经常听见邻居的小朋友笑她是个"私生女",她不止一次问过妈妈自己的爸爸是谁。妈妈被问得不耐烦了,有一次,带她去看电影的时候,指着电影里的明星克拉克·盖博说——这就是你父亲。

　　小梦露一直信以为真。直到她成为好莱坞明星,见到盖博,居然就直接上去称呼他为"爸爸"。

　　对于童年,还有一件事使她记忆深刻:有一次,她的外婆去一个领养家庭看她。她正在熟睡,外婆看着熟睡中的小梦露,像极了自己的女儿格兰戴丝,想起格兰戴丝不幸的婚姻和遭遇,她开始精神分裂,觉得诺玛也会像格兰戴丝一样经历不幸,于是拿起枕头试图闷死小梦露,小梦露拼命地挣扎,踢开被子,才没被憋死。

　　长大之后的梦露回忆说,自己一直十分清楚地记得醒来时窒息难受的感觉。而正是因为这段经历,她得了睡眠恐惧症,开始在睡前服用安眠药。

　　梦露十六岁时,领养她的家庭要搬到东海岸去,这就意味着,小梦露要么选择再次成为孤儿，要么就结婚。在领养她的夫妇的努力下，诺玛跟他们的邻居吉姆·多尔蒂约会六个月之后就结婚了。

"是他们为我安排了这桩婚事，我没有选择。对于这事没什么好说的。他们没法养活我，而且要去别处工作。所以，我就结婚了。"

——关于这段婚姻，梦露这样说

那个时候，她才刚读完高一，不得不辍学。

婚后的梦露很认真地学习之前一窍不通的厨艺、洗衣、做饭、打扫，想努力成为一个好妻子。可她烧的菜，常常不是"土豆没有烧熟"就是"牛肉烤得太焦"……每到这时，吉姆总会硬起头皮把这些菜吞下去。

对这个第一任丈夫来说，这个漂亮的女孩，那时候并不性感，她像个时刻渴望得到亲情的孩子，她对料理家务和男女之间的亲密一窍不通，完全不知道怎么做，她也极少走出家门去交往朋友。

"诺玛极易受到伤害，好像她从来没有安全感，如果我哪次离家前，没有同她吻别，她都会惊慌失措。"

"我们也会因为某些事发生争吵，争吵之后，我常常睡在凳子上，但等我醒来的时候，就会发现她也正蜷缩在不远处的凳子上，或地板上睡着了……她非常宽容——从不抱怨生活。"

婚后的两年，也就是 1944 年，第二次世界大战爆发，吉姆·多尔蒂应征入伍。不久，梦露在附近的一家飞机制造厂找到了一份工作。

在飞机场的工作十分枯燥和单调。

起初是做检验降落伞质量的工作，不久，她被调到"粘合组"，每天的工作就是把涂料涂在制造打靶飞机的金属板上。但她干得很努力，因为工作得到奖金和赞许，会使她获得一些自信——她不再是那个要靠救济生存的孤儿了，她可以养活自己了！

看梦露的传记，可以看出来，因为她注定要做一个全世界都瞩目的女人，所以，她年轻时，所做的任何选择，都是一条路，那条路边，会慢慢走过来一个带领她进入下一个生活的人。

因为第一份工作，梦露遇到了第一位发现她、挖掘她的人——一位名叫戴维·康纳弗的军方摄影师。他来到梦露工作的飞机制造厂，为海外的战士拍一些工作中的美丽女性。

康纳弗很快就注意到梦露。

他简直不敢相信自己的眼睛——"她简直是摄影师的梦想！"他给梦露拍了很多照片发在杂志上，梦露得到了比自己当时薪水高很多的报酬。

摄影师的发现，让天生丽质的梦露迅速走上了摄影模特儿的道路。

然而，在这一过程中，她做出抉择却并不十分容易。她天生就是做模特儿的材料，她一点不害怕镜头，在镜头面前，她反倒有自由奔放的感觉。

也许，女人都是喜欢被人注视的，更喜欢得到别人的欣赏和赞美。

引人注目的感觉真是很好。

为了拍照，她不得不常常向厂里请假，晚上还要忙着到女子礼仪学校进修。

她的婆婆和丈夫开始对此有意见了，认为这不成体统。

吉姆给她写了一封长信，劝她老实在工厂里做工，不要想别的。

"没有人理解我的梦想，没有人关心我的价值。我渴望成为一名摄影模特儿！"

无奈之中，梦露找到了原来照顾过她的安娜姨妈。这位慈祥的老人理解她，爱护她，支持她去实现自己的梦想，过自己想要的生活。

她从婆婆家搬到安娜姨妈家里住去了，还辞掉了工厂的工作，并在朋友的介绍下，去"蓝皮书模特代理公司"申请了一份工作。

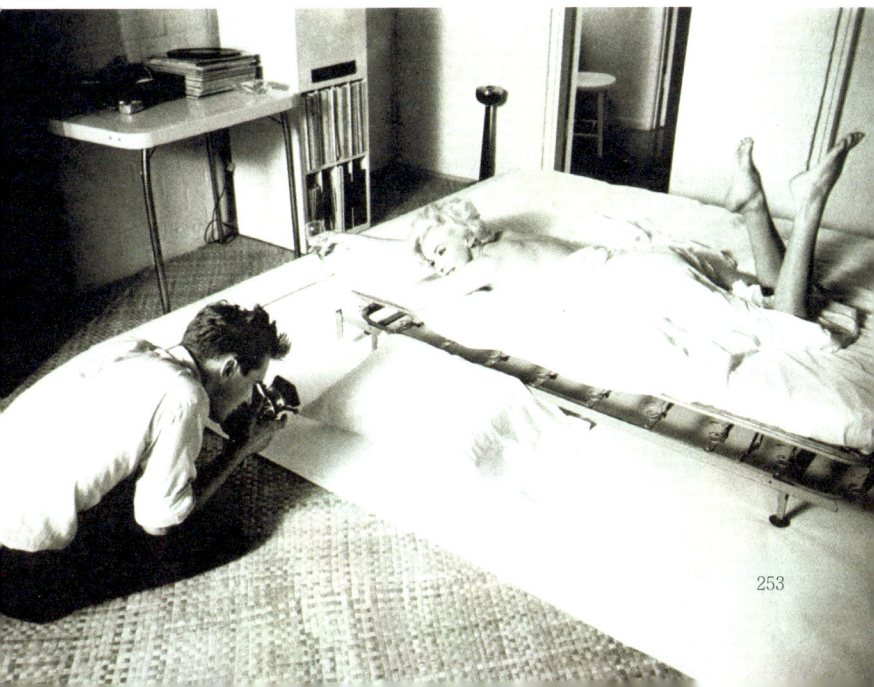

这个十九岁的女孩交了二十五美元报名做模特儿，并且接受化妆培训。

在公司的画册上，她是这样被介绍给客户的：

"身高五英尺五英寸，体重一百一十八磅，三围36-24-34。"

模特代理公司的老板对她的天生丽质很是欣赏，他建议梦露把头发染成金色，以使她看起来更加性感，然后把她安排在一家餐馆做领班，同时等待她的第一笔合同。

梦露的模特儿事业发展得很快。

1946年春天，以她的照片作为封面的杂志，已有三十三种。有一个月，甚至有五家杂志同时登载了她的大幅玉照。军营里的墙上随处可见她的芳影，士兵们把她称作"喷火小姐""可以化开阿拉斯加冰川的热情女郎"。

1946年秋天，二十岁的梦露与吉姆在离婚协议上签了字，结束了这段四年的婚姻。

"这段婚姻没有带给我悲伤，但是也没有带给我幸福。我和我丈夫之间几乎不交谈，并不是因为我们相互生对方的气。我们只是没有什么好说的，我真的厌倦了。"

这个时候的梦露，开始不满足于仅仅做一个摄影模特儿，她喜

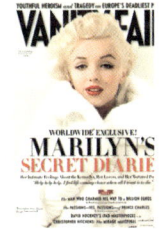

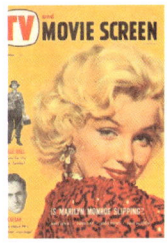

欢自己的身体带来的金钱和荣耀，喜欢别人投来的各种目光，她想要更多的关注，她想成为一名电影演员，甚至大明星！

离婚以后，有人将她引荐给了当时非常有名的二十世纪福克斯公司。

二十世纪福克斯公司一看她的照片，就马上拍板雇用。到这时，她才把诺玛的名字改了，她拥有了一个新名字——玛丽莲·梦露。

虽然与电影公司签了合约，但是梦露领的薪水是每周七十五美元，都不到她做摄影模特儿薪水的一半。

传记作家莫里斯·佐洛托说："起初，玛丽莲并不明白在这个满是'希望之星'的地方，'希望之星'意味着什么。她不知道路途的艰险，也不知道大多数'希望之星'最终只能结婚或者成为汽车餐馆的招待。"

初期的工作并不顺利，半年中没有得到任何角色，在接下来的半年中，她也只是在一些影片中跑跑堂，说几句"Hello!"之类的

台词。

1947年8月，福克斯公司在没有任何解释的情况下和她解除了合同。

玛丽莲到处游荡着寻找工作。

那是一段最为穷困潦倒的日子，她搬出了公司提供的房子，和别的女孩子合住一套带家具的小房间。她必须从餐费中省下钱来付"演员实验学校"的学费。在最艰难的时候，她完全丧失了还贷能力，面临着心爱的庞蒂亚克牌汽车要被信贷公司收回去的窘境。

"我当时别无他想，就想当一名出色的演员。我有自知之明，明白自己不过是个三流演员，缺乏才能，就像我华丽的外衣里尽是些廉价的衣服。但是，我的上帝啊！我多想学习，想改变，想提高！我什么也不要，不要男人，不要金钱，不要爱情，只要演技！"

在玛丽莲获得第一次成功，回答记者采访时说：

"好莱坞是这样一个地方，他们为了一个吻，可以付给你一千美元，而为了你的灵魂，他们只付五十美分。当制片人叫你到他的办公室去讨论剧本时，他脑子里还有别的念头。"

1949年，为了糊口，梦露拍下了一组后来引起轩然大波的"红天鹅绒裸照"。

1950年，约翰·休斯顿大胆启用梦露，让她在《夜阑人未静》中演了一两场重头戏。

她赢得了观众的欢迎，被杂志誉为"封面女郎""1951年甜心小姐"。

福克斯公司又跟她签了七年合同。

1953年是梦露人生的一个转折点，她在电影《飞瀑怒潮》中，第一次担任主角。

她在片中穿着低胸紧身红裙，唱了一首叫《吻》的插曲。

就在她的事业即将打开新的局面的时候，她遭遇了"红天鹅绒裸照风波"。

面临着大家的质疑和指责，梦露并没有隐瞒什么，她躲进洗手间，接受了一个女记者艾琳的采访，告诉她，照片里的裸体女人就是自己，因为当时自己的车要被拖走，她是为了生活才这么做。

　　艾琳用很有同情心的笔调在媒体上讲了梦露的故事。

　　因为她的坦率，《生活》杂志率先赞扬她：一鸣惊人的女人！

　　《生活》杂志出版后，认识她的人更多了。人们既欣赏这位脱颖而出的性感明星，又同情她为生活所迫而当月历裸体女郎的遭遇。

　　这次丑闻，转变为一次成功的个人宣传，使梦露引起了公众的极大关注。

　　福克斯公司抓住了这个机会，大肆渲染玛丽莲的"孤儿经历"和其他"风流韵事"，这两个能引起轰动效应的点子，让她出演的电影《尼亚加拉》一上映就场场爆满。同一年，她接连接拍了三部电影，在一部《绅士喜爱金发女郎》里唱："钻石是女孩最好的朋友"……

　　这部电影使梦露获得了她演艺生涯中的第一个奖项：《故事电影》杂志评选的最佳女演员和珠宝学院的"钻石最好的朋友"，并在星光大道上留下了手印。

　　1954 年 1 月 14 日，玛丽莲·梦露和一个叫迪马乔的男人在洛杉矶结婚了。迪马乔是一个棒球明星。

　　关于这段婚姻，她说：

"迪马乔是一个重感情的人。他的父母亲是意大利移民。他的少年时代很艰难……我们都有相似的、经受过痛楚的生活经历，这是我们默契的、相爱的基础，也是我们婚姻的基础。"

　　"我狂热而专情。我深爱他。"

　　在婚礼上，玛丽莲·梦露拿着三束兰花和迪马乔走出教堂时，街道上的许多记者把他们围得水泄不通。这场婚礼轰动了美国，也使梦露的人气又高涨了许多。

　　然而，这场婚姻只维持了九个月。

　　1954年10月27日，他们宣布离婚。

　　对于离婚的原因，梦露在记者会上解释是"事业上的冲突"。

　　但导演比利·威尔德回忆说：当影片《七年之痒》中，梦露的裙子走光的镜头曝光时，迪马乔的脸色变得铁青。

离婚以后的梦露，有过很长一段时间的低落，她甚至尝试过自杀。

有一次，她笑着对她的化妆师 Whitey Snyder 说：以后，她要是自杀成功了，希望他能为她化最后一个妆。

幽默的化妆师也开玩笑说，如果你的身体送过来的时候，还留有一点温度的话，我就答应。

1956 年 7 月 1 日，梦露又与剧作家阿瑟·米勒结婚了，他们是在拍一部电影时相识的。

梦露在结婚照的后面写下了：

"希望，希望，希望"。

米勒在结婚戒指上刻下了：

"此刻就是永恒"。

婚后不久，她怀孕了，但是却因为是宫外孕，不得不选择流产。之后的第二次怀孕，依然以流产告终。

　　两次流产的打击之后，梦露一心想拓展她的演艺事业，摆脱"浅薄金发美女"的形象。1960年，她与克拉克·盖博合演了《乱点鸳鸯谱》。

　　因为小时候，母亲在电影院无心的一句话，梦露从小就以为克拉克·盖博是她的父亲，所以，在盖博身上，她对他有着复杂的感情：既爱，又恨。

　　在拍片的时候，她总是故意迟到，让年老的盖博等他，甚至说刻薄的话给他听，但是盖博对她非常宽容。

　　谁也想不到，这是他们合演的最后一部影片。

　　那部电影停机没几天，克拉克·盖博就因心脏病猝发而去世了。

　　1961年1月24号，她又离婚了。

　　梦露受了一连串的打击，开始依赖上了毒品和酒精。

　　她的神经衰弱严重起来，不得不进精神病院作治疗。在医院里，她的病房门口的牌子上，挂的是"最严重级别"。

这时候，她的第二任丈夫迪马乔经常来看望她，陪伴她，他希望跟她复婚。但她不置可否。

一年后，大病初愈的梦露接拍了新片《濒于崩溃》，这是她自杂志裸照事件以来，第一次同意在片中拍裸体镜头。

1962 年，玛丽莲·梦露的工作与身体状况都不是很好，同时，又和电影公司闹得不愉快，5 月 19 日，她索性丢下了工作，径自应邀去总统的宴会上为肯尼迪献唱"生日快乐"。

她穿着薄纱裙，搔首弄姿，一句懒洋洋、软绵绵的"Happy Birth-day—— Mr. President"让多少人心神荡漾……

出席完总统的生日宴会之后，福克斯公司再次解雇了她。

1962 年 8 月 5 日清晨，梦露的女管家去打扫屋子，发现她卧室的灯还亮着，就推门进去，发现她一丝不挂地躺在床上，已经没有了呼吸。

梦露的私人医生断定她是因为"过量用药中毒"死于凌晨。

梦露去世前几天，确实有医生给她开了一种烈性的安眠药。

有人说，她是自杀的。

也有人说，因为她和总统有染，所以死于不露痕迹的谋杀。

至今，她的死因还是一个谜，不断被人们猜测着。

迪马乔负责了梦露的葬礼。

他给梦露的化妆师寄去了一封短信，上面写着：

"亲爱的 Whitey，趁着我尚有余温。玛丽莲。"

这位化妆师信守了诺言。

在她去世后，迪马乔又活了二十年，在那二十年漫长的时间里，梦露没有被人们遗忘，他尤其没有遗忘。每一年，他都手执鲜花，去梦露的墓前看她。

梦露的母亲死于 1984 年 3 月 1 日，她早已丧失了记忆，这个曾经极度崇拜电影明星的女人，到离开世界都不知道，自己就是一个闻名世界的女明星的母亲！

梦露死的时候，只有三十六岁。五十多年过去了，我们只能在电视画面和杂志上再次看到她。她消失了，不知去了哪里。

在那之后，有很多女明星拍写真照片，模仿她穿着白裙子，让装在脚下的电风扇吹动，搔首弄姿，用手按住裙子……

但再也没有一个人像她。

有生之年才是最美，那之后，你就只是一个名字，一张照片。

玛丽莲·梦露

Marilyn Monroe

1926年6月1日—1962年8月5日。
美国20世纪最著名的电影女演员之一。
她在影片《七年之痒》中着白裙的照片
成了她的不朽经典和招牌姿势。动人的
表演风格和正值盛年的陨落，成为影迷
心中永远的性感女神。她是性感符号和
流行文化的代表性人物。

皮娜·鲍什

我跳舞，因为我悲伤

I am young,
my ears hear promise,
my mind is power,
my eays see dreams,
my thought is high
—— from Pina

2009 年，听说皮娜·鲍什离世了，不由得悲伤起来。

2007 年的秋天，我有幸近距离地看过她的演出，看演出，和看录像，完全是不同的感受。

她跳舞的时候，情绪爱恨交织，目光直抵灵魂。

演出后的谈话，她说，她用肢体表达着她的感受；她跳舞，是因为她有一颗太敏感的心，有太多的悲观和绝望。

　　"我因为害怕说话，所以喜欢跳舞。"

　　"我也曾经困难重重，但我想我们应该对自己的作品有起码的判断力。"

皮娜·鲍什 1940 年生于德国，家里是开餐馆的。

她从小就开始在舞蹈学校学习古典芭蕾，十九岁时，她去了纽约，开始跟几位现代舞大师学习。

1963 年回到德国。

　　她的人生，没有太多的故事，就是跳舞、跳舞、跳舞。
　　就像她经常爱穿的黑色衣裳，干净，清肃，简单。

　　1973 年，三十三岁的皮娜开始出任德国的乌帕塔尔舞剧院
Tanztheater Wuppertal 艺术总监和首席编导。
　　也是从这时起，她开始实施她的"舞蹈剧场"计划。

　　早年，她自编自舞，一支舞，都在咳嗽。
　　有谁会用咳嗽来跳舞？
　　但是，咳嗽，是不是我们身体里，最让我们难以克制的反应呢？

　　她让女舞者，举着手帕，在舞台绕圈子。

我累了！我累了！但我必须继续
跑……

"跳吧，跳吧，不然我们必迷失。"

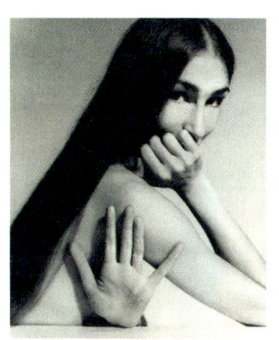

两年之后，根据斯特拉文斯基的
音乐作品《春之祭》创作的同名作品
引起轰动。

然后，她的"舞蹈剧场"继续创
作下去，《穆勒咖啡馆》《贞洁的传
说》《蓝胡子》《华尔兹》《玛祖卡
FOGO》《康乃馨》《1980》《窗户
清洗工》等都是她的代表作品。

用激烈的身体语言，传递出人的
不安、彷徨和孤独。她是一个用身体
写诗的诗人。在欧洲，她的舞蹈是每
个学习艺术的学生的必修课。在德国，
想要看她的演出的观众，需要提前两
年买票。

皮娜的舞蹈，气场强大。

她的"舞蹈剧场"是不可复制、

难以超越的。但是，她的舞蹈又一直是备受争议的，"看不懂"是她的很多作品都遭遇到的最多的评价。对自己作品中表达的强烈情绪，她曾解释说："我并不想激怒人们，我只是想表达我们的感受。"

《穆勒咖啡屋》的舞台上摆满了桌椅，满满当当。

《春之祭》的舞台撒满在德国森林搜集的泥炭。

《康乃馨》的舞台铺着一层草皮，上面插满康乃馨。

《蓝胡子》的舞台铺满枯叶。

《舞蹈之夜》，用10吨钾盐制造了沙漠场景。

和皮娜一起工作的人，常常有大得让自己不知所措的空间。你想怎么做，就怎么做，完全按照你的想法来实现。

皮娜很少指导，也很少评判，她最多会说一句"很美"，或者"感觉不对"。

她会用发胖了的，长相丑陋的，身材不标准的舞者。她向他们提问：你做过什么让自己羞愧的事情吗？你怎么移动身体最喜欢的

部位？你怎么用你的身体写你的名字？当你丢失了最重要的东西，你是什么反应？

　　她还会随时随地改变想法，有时甚至是在舞台表演的时候。

　　任何惯有的，娇饰的东西，都希望能抽离、剥落。

　　舞者用极限肢体，用暧昧的空气、沉默的态度，带你到任何语言达不到的地方，

　　"我感兴趣的是人们为何动，而不是怎样动。"

　　她最好的作品都超过三个小时，舞者们在舞台上，走路，吃食物，玩耍，手上，缓慢地，在迟疑与果决之间，重复地表达着。

一个男人把一个女人扔倒在地，她爬起来；另一个男人把一个女人又扔到了地上，她爬起来了；一个男人把一个女人再一次扔到地上，她再次爬起来；一遍遍，一次次地重复。两人拥抱，被拆开，又拥抱，一遍又一遍的抗拒与服从。

刚开始看着，你可能有点不明白，甚至暗自发笑。但是，你看着看着，会突然感到一种由衷的悲哀。

男人和女人，不就是永远这样重复着伤害吗？

她和一个叫罗夫·玻济克的荷兰人曾经生活和工作在一起。他是他的舞团的舞台与服装设计，于1980年过世。他们有一个小孩，和罗夫是一个名字。

后来，她有一个情人，是一个诗人，他为她烧饭。但他们没有住在一起。

"春天意味着什么？这给你带来什么感觉？你们想到春天就想到了什么？……华尔兹意味着什么？这个词激发了什么？……什么

是禁欲？相应的纵欲看起来该是什么样的？……爱上一个人会怎么样？会亲吻他？会爱抚他？如果他不回应，那怎么办？"

佩德罗·阿莫多瓦的电影《对她说》里有个镜头——两个陌生人坐在剧院里看皮娜·鲍什的《穆勒咖啡屋》，被感动得难以自抑、不断流泪。

《穆勒咖啡屋》是她的作品中，我最喜欢的一个。

这个舞蹈，充满了重复，变化，空间和人物的变化。

皮娜穿着白色长裙，像一个游魂，飘荡，游历，踯躅。瘦弱的身体，总是摇摇欲坠，她的四周黑暗而且危险。她在跌倒的边缘徘徊。

她歇斯底里地失去控制，又那么孤独地戴上假发，站在舞台中央，等待灯光暗淡下去……

"……皮娜必须找到能够充分而恰当地传达作为这个父系社会中的女人，她的压抑、她的郁闷、她的反抗……"

——德国舞评家约翰·施密特

273

我觉得这样的评价，其实并不好。但凡可以用语言表述的，都不是最好来评价她的舞蹈的。因为她一直做的，就是想要脱离语言和惯常的表达。

　　我最喜欢的是那一段：女舞者冲向桌椅，旁人帮着她清除障碍，直到遇到一个人，她与他紧紧拥抱，再不松手。

　　她不就是你和我吗？我们在年轻的时候，往前冲，往前撞，遇到各式各样的障碍和问题，浑身是伤。忽然遇到一个人，可以真心地拥抱。这一次，致死也不会撒手！

　　2007年，六十六岁的皮娜带着她的两个代表作《春之祭》和《穆勒咖啡屋》首次来中国演出。

　　天桥剧场盛况空前。

"那年演出时，我特意跑到后台侧幕去看她的舞蹈，台上的每个演员自始至终都带着强烈的戏剧感，让你看着看着便禁不住要流泪。"

——皮娜·鲍什中国演出的策划人蒋山的回忆

她太瘦了。瘦和苍白。

到了晚年，她有一点微微的驼背。不跳舞的时候，非常安静。烟一根接一根地抽。

她喜欢抽烟，似乎全世界所有禁烟的剧场都为她破例开绿灯。

有时候，面对记者的问题，她不知道怎么回答，就站起来说，那还是跳舞吧！

2009 年 6 月，皮娜被查出患了肺癌。

五天之后，她就离世了。

上帝眷顾她，让她走之前完成了最后一部作品。

只可惜，我们无法看到这个一生都用肢体来表达灵魂的女人，给我们讲一讲死亡的感受。

今年6月初，上海电影节专门播放她的传记电影《pina》，我有一个朋友专门坐火车去看。电影里有一位女舞者，踩着椅子飞起来，就像灵魂的飞升。我在想，这也许就像皮娜死去那一个时刻吧。

皮娜·鲍什

出生于1940年7月27日。德国最著名的现代舞编导家，欧洲艺术界影响深远的"舞蹈剧场"确立者、被誉为"德国现代舞第一夫人"。

© 韩梅梅 2016

图书在版编目（ＣＩＰ）数据

喜欢你是这样的女子 / 韩梅梅著 . -- 沈阳：万卷

出版公司，2016.10

ISBN 978-7-5470-4273-1

Ⅰ . ①喜… Ⅱ . ①韩… Ⅲ . ①随笔 - 作品集 - 中国 -

当代 Ⅳ . ① I267.1

中国版本图书馆 CIP 数据核字 (2016) 第 195921 号

喜欢你是这样的女子

出版发行：北方联合出版传媒（集团）股份有限公司

　　　　　万卷出版公司

　　　　　（地址：沈阳市和平区十一纬路 25 号　邮编：110003）

印　刷　者：北京鹏润伟业印刷有限公司

经　销　者：全国新华书店

幅面尺寸：130mm×185mm　　　装　帧：平　装

印　　张：9　　　　　　　　　　字　　数：180 千字

出版时间：2016 年 10 月第 1 版　　印刷时间：2016 年 10 月第 1 次印刷

出品人：刘一秀　　　　　　　　　特约监制：罗　毅

责任编辑：杨春光　　　　　　　　责任校对：杨春晓

装帧设计：沐希设计

ISBN 978-7-5470-4273-1

定　　价：32.80 元

联系电话：024-23284090　　　邮购热线：024-23284050

传　　真：024-23284521　　　E - m a i l：book_light@sina.com

腾讯微博：http://t.qq.com/wjcbgs　网　址：http://www.chinavpc.com

常年法律顾问：李福 版权所有　侵权必究　举报电话：024-23284090

如有质量问题，请与印务部联系。联系电话：024-23284452